庫JA

クラッシャージョウ⑩

ダイロンの聖少女

高千穂　遙

早川書房

6570

カバー／口絵／挿絵　安彦良和

目次

ダイロンの聖少女

プロローグ

　地響きのように、歓声が伝わってくる。

「ルキアノス！　ルキアノス！」

　観衆が皇帝の名を高らかに叫ぶ。

「いよいよメインイベントですな」

　ガランドが言った。宰相《さいしょう》のガランドは、刺繍《ししゅう》の施されたチュニカの上に紫色の縁飾《ふちかざ》りがあるトーガをまとっている。政府の高官にのみ許されたトーガ・プレテクスタだ。ガランドは、ゴーフリー帝国皇帝、ルキアノス一世が腰を置く玉座の脇に立ち、満面に笑みを浮かべて皇帝に視線を向けている。

「…………」

　ルキアノスは小さくあごを引き、ゆっくりと玉座から立ちあがった。

そのまま一歩、前にでる。

歓声が一段と大きくなった。

宰相と同じく、ルキアノスもチュニカとトーガを身につけている。しかし、そのいでたちは、さらに華《はな》やかだ。トーガは、金糸銀糸の刺繍で燦然《さんぜん》と彩《いろど》られた白布に、緋色《ひいろ》の布を重ねている。チュニカは目の覚めるようなオレンジ色で、その鮮烈さは、他に類がない。

しばし、ルキアノスは周囲を睥睨《へいげい》した。

かれがいるのは、観客席中段にしつらえられたバルコニーだ。

五万人を収容できるコロシアム。いま、その席はすべてが完全に埋まっている。だが、ルキアノスの立つバルコニーのまわりにだけは客席がない。かわりにバリヤーの発生装置が組みこまれている。不可視の障壁がバルコニーを完全に覆い、皇帝と政府の高官たちを完璧に護る。

ルキアノスが静かに右手を挙げた。

歓声がぴたりと熄《や》んだ。

一拍間を置き、ルキアノスは口をひらいた。

「勇者たちよ。我が前に」

低い声で言った。

あらたな歓声が、地鳴りのように湧きあがった。

コロシアムの東西にふたつの門があった。控えの間から、アリーナへと至る門だ。

ファンファーレが、甲高《かんだか》く鳴り響いた。

最初に人影があらわれたのは、東の門であった。

男がひとり、門をくぐってアリーナへと進みでた。

堂々たる巨軀《きょく》だ。身長は二メートル三十センチを超える。幅広い肩。ぶ厚い胸板。その全身が、鍛えぬかれた筋肉で隈《くま》なく鎧《よろ》われている。衣服は身につけていない。帯びているのは、小さな腰あてひとつだけだ。徒手空拳。武器も手にしていない。

わずかに遅れ、西の門からもひとりの男が出現した。

こちらも、みごとな偉丈夫だ。身長は東の門の男よりもわずかに低いが、それ以外は、ほぼ互角だ。三角筋が、小山のごとく盛りあがっている。やはり、腰あて以外はほぼ裸という姿だ。

ふたりの男が歩を運び、アリーナの中央に達した。

そこで、直角に進路を変え、左右に並んで観客席のほうへとふたりは向かう。陽光がまぶしい。肌にオイルをたっぷりと塗っているのだろう。陽射しを反射し、全身がきらきらと輝いている。

バルコニーの下で、ふたりは歩みを止めた。腰を低く落とし、片膝をついた。あごをあげて、皇帝を見上げる。

「不敗の剣闘士、ザックス」東の門の男に向かい、ルキアノスが言った。

「そして、勇気ある挑戦者、ガバナル」

今度は西の門の男に目をやった。それから、ルキアノスは右拳《こぶし》を握り、その手を頭上に突きだした。

「試合を許す。存分に闘うがよい」

皇帝の声が凜《りん》と響いた。

歓声が大気を震わせる。

観衆の熱狂が急速にピークへと向かう。

ルキアノスが玉座に戻った。

ふたりの剣闘士が、うっそりと身を起こした。

立ちあがり、互いに向かいあった。

彼我《ひが》の距離は、およそ二メートル。

場内が鎮《しず》まる。歓声が唐突に失《う》せ、静寂がコロシアム全体を深く包んだ。

すさまじい緊張感。

ふたりの剣闘士が、まっすぐに睨《にら》み合っている。殺気がほとばしり、不可視の奔流《ほんりゅう》となってアリーナで渦《うず》を巻く。

剣闘士は、生身の人間ではない。

戦闘用サイボーグである。

外見こそ人間の姿そのままだが、中身は完全に別物だ。全身にさまざまな改造が施され、究極の破壊兵器と化している。

改造手術をおこなったのは、皇帝直属の新兵器開発研究所である。

開発は、三年前、太陽系国家ゴーフリーの宇宙軍中尉であったノガレスという名の若き青年将校が、クーデターで政権を倒し、皇帝ルキアノス一世となったそのときからはじまった。

よりすぐれた改造戦士をつくる。

掲げた目標を達成に導くため、ルキアノスは巨大なコロシアムを首都モカロポリスに築くよう軍に命じた。

生みだされたサイボーグ同士を闘わせ、優劣を競う。それはまた、べつの意味でも国《こく》威発揚《いはつよう》をうながし、富国強兵へとつながっていく。

二年後。

コロシアムにひとりの英雄が登場した。

第五世代サイボーグ、ザックス。

サイボーグの能力は、搭載兵器の種類、設計の思想、開発担当者の技術力によって大きく左右される。しかし、もっとも重要な要素は、改造される人間の資質そのものだ。サイボーグはアンドロイドではない。もととなる人間が優秀でなければ、いくら高い改造技術をそそぎこんでも、すぐれたサイボーグにはならない。

ザックスはデビューから三戦つづけて全勝し、そのつぎの試合で六代目チャンピオン、雷鳴のゴルコフと対戦した。

試合は、開始わずか四十七秒で決着を見た。ザックスが圧勝し、ゴルコフの生命反応は完全に停止した。

素材、搭載兵器、技術、そのすべてが完璧に調和した研究所最大の傑作。

それがザックスであった。

七代目チャンピオン、パーフェクト・ザックスは連勝を重ねた。

八か月で五度の闘いを制し、対戦相手をすべて、完膚《かんぷ》なきまでに破壊した。

そして、いま。

六回目の防衛戦がはじまる。

先に動いたのは、ガバナルであった。二か月前にデビューしたばかりの最新型サイボーグだ。第一戦を十二秒で終わらせ、そのあまりの強さに驚嘆したルキアノスが、即座にザックスとの対戦を命じた。異例の抜擢《ばってき》である。

ガバナルの輪郭が揺らいだ。

つぎの瞬間。

ガバナルがザックスの前にいた。

全身を骨格レベルから改造、強化したサイボーグの動きは、超高性能ロボットを相手にしても、スピードで劣ることはまったくない。百メートルを五秒以下で駆けぬける。

両者の距離は一メートルとない。

ガバナルが殴《なぐ》りかかった。ザックスのあごを狙って、右の拳を突きだした。

拳が変形する。拳頭から鋭いとげが四本、飛びだした。銀色に鈍く光る、鋭い円錐形のとげだ。

ザックスは平然としていた。ガバナルの奇襲に対し、いささかも動じることがなかった。かれの目は、ガバナルの動作をすべて、完全に捉《とら》えている。改造されているのは、四肢《しし》だけではない。脳内にチップが埋めこまれ、五感の能力も数千倍にも高められている。ライフルの銃口から射出された弾丸であっても、ザックスの目には、それがあたかもスローモーション映像のごとく映る。ガバナルの動きなど、静止しているのも同然だ。うろたえる必要は、どこにもない。

紙一重の間合いで、ザックスはガバナルのパンチを受け流した。

ガバナルはむきになって、つぎつぎと拳を繰りだした。いまは右だけでなく、両の拳に金属のとげが生えている。ザックスは反撃しない。ただ、相手の攻撃を受ける。無駄な動きは微塵《みじん》もない。首を数ミリ傾けるだけでガバナルの突きはかわせる。わずかなステップと軽快な上体の振り。それだけで、ガバナルを翻弄《ほんろう》する。とげの切っ先は、ザックスの皮膚をかすめることすらない。

時間が過ぎていく。

本来、軍事用に開発されたサイボーグである剣闘士は、当然のことながら体内に火器を備えている。しかし、コロシアムでの試合においては、その使用が大きく制限される。長射程のビーム砲などは、絶対に使うことができない。

そのため、剣闘士同士の闘いは、主に体技を用いることになる。とくに試合開始から最初の二分間は、観衆を楽しませるという目的もあり、火器使用は完全に禁じられる。

デビュー戦を十二秒で終えたガバナルは、体技のエキスパートであった。改造手術を受ける以前からゴーフリー帝国宇宙軍海兵隊きっての軍隊格闘術使い《マーシャルアーツ・ファイター》として名を馳《は》せていたガバナルだが、その技は手術後もまったく衰えていない。とげ付きの拳で敵を圧倒し、瞬時に殴り倒す。そして、息の根を止める。

ザックスは、ガバナルが体技にすぐれていることを承知の上で、かれの一方的な攻撃を許した。

そんな技は効かない。

それをまず、ガバナルに思い知らせる。それがゆえに、ザックスは受けにまわった。

ガバナルはあせった。自慢の体技が通じない。突きも蹴りも、ことごとくかわされる。

あせりが、究極といっていいガバナルのバランスを微妙に崩した。それを、ザックスは見逃さなかった。

ザックスが反撃した。前に一歩踏みこみ、ガバナルの右ストレートをするりとかいくぐった。

間合いが詰まる。ザックスの肉体が、ガバナルのそれに密着する。

力が爆発した。

KENPOの技だ。ザックスは拳を握らない。てのひらで、ガバナルを打った。接近し、てのひらがガバナルのみぞおちに触れる。その瞬間、力が爆発する。

「！」

気合も悲鳴もなかった。

力の奔流《ほんりゅう》が、ガバナルを吹き飛ばした。

ガバナルが大きくのけぞる。両の足が大地から離れる。

直後。

あらたなファンファーレがコロシアムに鳴り響いた。試合開始後二分経過。それを知らせる電子音だ。

ザックスが前進する。左右の腕を胸もとに引き揚げ、構えた。肘《ひじ》を曲げ、拳を握った。

前腕部が割れた。腕の外側だ。手首を支点にして、そこから長さ三十センチ弱の電磁カッターが飛びだした。細い、三日月に似た形状の鋭利な剣だ。

宙を舞うガバナルに、ザックスが迫る。落下するいとまを与えない。

ザックスの二本の腕が、めまぐるしく動いた。電磁カッターは火器ではないが、扱いは火器に準じられていて、二分間ルールの対象武器に入っている。

一瞬だった。

まばたきする間よりも、さらに短い。

ガバナルの全身が、ずたずたに裂かれた。

そのすべてが深手だ。ザックスは、ガバナルの肉体を容赦《ようしゃ》なく切り刻んだ。喉《のど》、胸、腹、肩、頭部、ふともも。深い傷がぱっくりと口をあけ、そこから鮮血とオイルのような褐色の液体が噴出する。

ガバナルが地に落ちた。

肩口から落ちて、仰向けに転がった。

白目を剝《む》いている。ひらいた口から、赤い血が流れだしている。ときおり、四肢が痙《けい》攣《れん》する。

ザックスは動きを止めた。足下に横たわるガバナルに目を向け、その顔を冷ややかに見おろしている。

最後のファンファーレが鳴った。試合の終了を告げるファンファーレだ。ガバナルは戦闘不能に陥った。まだ息絶えてはいないが、もはや生きながらえることはかなわない。ほどなく事切れる。

ファンファーレが終わった。音が消えた。コロシアム全体が、しんと静まりかえった。

その中で。

拍手が響いた。

皇帝の拍手だった。

ルキアノスが玉座に腰を置いたまま、ひとり手を打っている。

その音を耳にして、観客席の人びとが我に返った。かれらは、みな度肝《どぎも》を抜かれていた。ザックスのあまりの強さに驚嘆し、言葉を失っていた。

皇帝が偉大な勝者を讃美している。

気がついた観衆は、あわててザックスに拍手を贈った。

コロシアムに昂奮《こうふん》が戻る。短い虚脱状態が、反動をもたらした。昂奮は、すぐに熱狂へと変わった。

歓声があがる。どよめきとなって、空気を震わせる。数万人の人びとが、いっせいに勝者の名を呼ぶ。

ザックス！　ザックス！　ザックス！

ルキアノスが右手を挙げた。

何かが皇帝の背後から飛んできた。

鳥だ。全身が銀色に光っている。

それは鳥の姿を模したロボットだった。翼があるが、羽ばたいてはいない。イオノクラフトと同じシステムで飛行する。

ルキアノスは、右手に宝玉で飾られた短剣を握っていた。

その短剣をロボットの鳥が二本の脚でつかんだ。

まっすぐに、鳥は飛ぶ。バルコニーを越え、コロシアムの中央へと向かう。

そこにいるのは。

ザックスだ。

ザックスが鳥を見た。両の手を、頭上高く振りあげた。

観衆の声がすさまじい。歓声の嵐が吹きすさんでいる。そういう感じだ。

鳥がザックスのもとに達した。つかんでいた短剣を脚から離す。ふわりと、短剣が落下した。

ザックスが短剣を受け取った。弓なりになった鞘《さや》を右手で強く握った。

勇者の剣を下賜《かし》する。

剣闘士に対し、皇帝が与える最高の栄誉だ。

　ザックスがひざまずき、ルキアノスに向かってこうべを垂れた。短剣を、おのが胸に強く押しあてている。

　ガランドが腰をかがめた。ルキアノスの耳もとに口を寄せ、低く囁《ささや》いた。

「ネネトが傷を負いました」

「本当か？」

　表情をまったく変えず、視線も正面に据《す》えたまま、ルキアノスは訊《き》いた。

「爆撃に巻きこまれたようです。どの程度の負傷かは不明ですが、間違いありません」

「死んではいないのだな」

「はい」

「いい知らせだ」皇帝は小さくあごを引いた。

「つぎの手を急ぎ打とう」

　ルキアノスは玉座から立った。

　観衆の呼ぶ名前が、ザックスから皇帝のそれになる。

　ゆっくりと、ルキアノスは手を振った。

　そして、静かにきびすを返した。

第一章　ネネトの民

1

　高度一万メートルで水平飛行に入った。

〈ミネルバ〉は針路を西にとった。

　全長百メートル、最大幅五十メートルの外洋宇宙船である。シルバーの船体側面に黄色と青の流星マークが描かれている。クラッシャーの船であることを示す一種の紋章だ。垂直尾翼は二枚。そこに赤く描かれているのは、デザイン文字の〝J〟である。チームリーダー、ジョウの頭文字だ。

「しばらくは、この高度を保つ」

　副操縦席に着くジョウが言った。

「了解でさあ」

　主操縦席のタロスが小さくうなずいた。

〈ミネルバ〉のブリッジには、かすかな緊張感がある。いつものくつろいだ雰囲気《ふんいき》がほとんどない。

「信号途絶」

アルフィンが言った。金髪碧眼《へきがん》の美少女だ。主操縦席のうしろにある空間表示立体スクリーンのボックスシートに入っている。

「だし惜しみかよ」

うなるように、リッキーが言った。機関士として登録されているリッキーは、動力コントロールボックスのシートに腰を置いている。位置はアルフィンの左どなりだ。その前には、タロスのすわる主操縦席がある。

「とりあえずデータはもらっているんだ。そう気にするな」

タロスが応じた。気にしていない口調ではないが、憤《いきどお》っている様子はない。

「でも、どこに着陸するのか、直前になるまで教えてくれないなんて、へんだよ」

リッキーは唇をとがらせた。まだ十五歳の少年だ。しかし、見た目はさらに若い。身長は百四十センチ前後。二本の前歯が大きく、瞳がくりっと丸い。

「信号も、不安定なのよね」アルフィンがつづけた。

「指向性の強い電波が瞬間的に送られてきて、すぐに途切れる。とりあえず、つぎに向からポイントの座標はわかるけど、それがどういうとこなのかは、こちらで調べないと、まったくわからない。こんなの、ナヴィゲートデータじゃないわ」

「大陸だ」

フロントウィンドウの上にメインスクリーンがある。その画面に目をやり、ジョウがあごをしゃくった。

スクリーンには、カメラで撮影された地表の拡大映像が入っている。白い雲が広がり、その下に赤茶けた大地がある。

太陽系国家ゴーフリー。

首都があるのは、第五惑星のスオラシャだ。ほぼ完全な地球型惑星で、大きな大陸がふたつある。いまジョウたちが見ているのは、その大陸のひとつだ。

「プレゲーだな」

ジョウが言葉をつづけた。映像の上に、地形図が重なった。スオラシャ最大の大陸で、首都モカロポリスは、この大陸の西海岸にある。しかし、クライアントから届いた情報は、着陸地点がそこではないことをはっきりと示している。

入国審査は、衛星軌道上でおこなわれた。

船籍番号などのデータを送り、入国目的などを告げた。職業はクラッシャー。目的地はダイロン。クライアントの名前はモロトフ。仕事は要人警護。契約書に記載された事項のとおり、答えた。答えた直後に入国許可がおりた。審査終了である。ビーコンによる航路誘導などはいっさいない。質問も受けつけず、管制官との交信は瞬時に切れた。あとは、いくら呼びだしても、応答がない。

一時間ほど、水平飛行がつづいた。

雑談が絶え、ブリッジを沈黙が包んだ。スクリーンの映像が刻一刻と変化していく。他に大きな動きは何もない。窓外にあるのは濃いコバルトブルーの空。それだけだ。

プレゲー大陸を通過し、また海上にでた。そして、あらたな大陸の映像がスクリーンへと入ってきた。

「信号キャッチ！」

とつぜん、叫ぶように、アルフィンが言った。

「指示は？」

ジョウが訊《き》いた。

「降下。針路変更なし。移動二千キロで高度を六千メートルまで落とす。速度は〇・八マッハを維持」

「細かいなあ」

リッキーはまだ唇をとがらせている。

「クライアントの指示は絶対だ」タロスが言った。

「今回は、その契約を受け入れた。でないと、ダイロンにたどりつくことができないとぬかすからだ」

「本当なのかなあ」

「前金が一億クレジットだ。嘘《うそ》や冗談で支払う金額じゃないだろう」

降下が完了した。〈ミネルバ〉は、また水平飛行に戻った。

スクリーンには、スオラシャ第二の大陸、ジャバラムが映っている。フロントウィンドウからも、地表が見える。白い雲の切れ目に広がる褐色の大地がそれだ。道路や都市といった人工物はまったくない。ときおり出現する暗緑色の塊《かたまり》は巨大な原生林らしい。それらの森と山裾《やますそ》を巻くように、大河がうねっている。

「信号よ」アルフィンが言った。

「暗号化された座標。着陸地点だわ。指定時刻は標準時間の一五〇〇」

「暗号解読。座標をスクリーンに表示しろ」

ジョウが言った。スクリーンの映像が、ジャバラム大陸の模式図に変わった。

模式図の上に光点が重なる。

「高地ですな」ジョウに向かい、タロスが言った。

「山岳地帯の真ん中です。座標が示しているのは……」

「ウスタン高原よ」アルフィンがつづけた。

「標高四千メートル前後の台地が、巨大な山脈の間に何百キロも横たわっている。高原の北側に山なみがあるでしょ」

「ああ」

「そこの最高峰が聖なる山と呼ばれているクレータス。こっちの標高は五千八百二十二メートルね」

「ダイロンはウスタン高原の中にあるんだろ」

リッキーが言った。

「ええ」アルフィンはうなずいた。

「でも、着陸地点はそこから二百キロ以上離れているわ」

アルフィンは模式図を拡大した。衛星軌道上から撮影した立体写真をもとに〈ミネルバ〉のメインコンピュータが再構築したものである。解像度は相当に高い。

「ここよ」

映像を拡大させた。光点のある場所だ。

「！」

タロスの頬が小さく跳《は》ねた。

「なんだい、これ？」

リッキーは目を丸くした。

「地上絵よ」さらりとアルフィンが言った。

「これは鳥の地上絵ね。全長五百メートルに及ぶ鳥の姿が線描《せんびょう》されている」

アルフィンの言葉どおりだった。そこには、たしかに大きく翼を広げた巨鳥の絵が描かれていた。

「溝《みぞ》を掘って、そこに白っぽい小石をびっしりと敷きつめたんだな」

タロスが言った。

「これ、〈ミネルバ〉の着陸地点じゃないのかよ?」リッキーがスクリーンに映る鳥の地上絵を指差した。

「離着床も滑走路も見当たらないぜ」

〈ミネルバ〉は水平型の外洋宇宙船である。滑走路を用いず、まっすぐに降下して円形の離着床へと着陸する垂直型宇宙船に対し、水平型宇宙船は主として滑走路を使って地上に降りる。

〈ミネルバ〉の場合、垂直離着陸も可能になっているが、それはあくまでも非常時用の機能だ。通常は千メートルほどの滑走路を必要とする。しかし、リッキーの言うとおり、そこに滑走路はない。管制塔もない。宇宙港ではなく、ただの原野だ。あるのは、巨大な地上絵だけである。

「地上をスキャンしろ」首をめぐらし、アルフィンに視線を向けてジョウが言った。

「表面の状態、硬度、障害物の有無を調べてくれ」

「いいわよ」

アルフィンがコンソールのキーを素早く打った。手慣れた操作である。もともとは太陽系国家ピザンの王女だったアルフィンだが、ひょんなことで〈ミネルバ〉に密航し、そのまま いついてクラッシャーになってしまった。正規の訓練を受けていないし、経験も極めて浅いが、実戦で徹底的に鍛えられた。生きるか死ぬかの極限状態も、何度か味わった。いまではベテランクラッシャー並みにからだが動く。特殊機器の扱いにも精通した。チームの戦力として、他のクラッシャーには、まずひけをとらない。

「スクリーンにだすわ」

映像の上に映像が重なった。あらたなそれは、観測されたデータの表とグラフだ。

「地表は極めて平滑《へいかつ》」アルフィンは言葉をつづけた。

「踏み固められた大地って感じね。硬度は一般的な舗装とほぼ同等で、絵の輪郭になっている溝の中の小石の密度も十分に高い。周囲、半径五キロにわたって、障害物もなし。これ、天然の滑走路なんじゃないかしら」

「地上絵は、その目印ってわけか」

タロスが言った。

「地上離発着が可能なら、大型貨物船でも平気で降りられるわ。〈ミネルバ〉の十倍くらいの重量でも大丈夫。これで管制塔があれば完璧ね」

〈ミネルバ〉が高度を下げた。光点までの距離が三百キロを切った。行手に雪をいただいた山脈がある。その中でひときわ高く聳《そび》え立っているのが、聖山クレータスであろう。

「通信がきたわ」

「内容は？」

「着陸せよ」

ジョウの問いに、アルフィンが答えた。

「了解」

タロスが言った。

フロントウィンドウ一面に黄褐色の大地が広がる。天気は快晴だ。陽光がまぶしい。

〈ミネルバ〉は着陸態勢に入った。

2

指定された一五〇〇時ちょうどに、〈ミネルバ〉は着陸を完了した。

四人とも、自分のシートから離れない。すぐに周囲の状況を観測する。

気温は摂氏十八度。湿度は三十二パーセント。東南の風、風速は三メートル。

「熱源反応があるわ」アルフィンが言った。

「北北西、二千二百メートル。生物ね。たぶん、人間。ひとりじゃないわ。数人いる。それと人間でない生物も一緒にいる」

「スクリーンに映像を」

ジョウが言った。

映像がきた。メインスクリーンにひとかたまりになった人影が映った。一気にズームする。画面いっぱいに、異様な一団の姿が広がった。

「うがっ」

なにごとにも動じない（はずの）タロスが頓狂《とんきょう》な声をあげた。

最初に目に入ったのは、緑色の大型生物だった。

これは、なんというのだろう。

「芋虫《いもむし》だ」声を震わせ、リッキーが言った。

「でっかい芋虫だ」

全員がうんうんとうなずいた。

そう。それはたしかに芋虫としかいいようのない生物だった。

体長は六メートルくらいだろうか。直径は二メートル弱の円筒形をしている。黒光りする丸い目が、頭部とおぼしき場所に左右にふたつ。それが前後に伸び縮みを繰り返し、ゆっくりと前に進む。

そして。

その背中に、人間がまたがっている。

鞍《くら》のようなものを置き、脚を大きくひらいて芋虫の上に乗る人間は、全身真っ白だ。腕も脚も胴も顔も、完全に白い布で覆われている。目の位置に装着されている丸いゴーグルだけが、闇のように黒い。

「一、二、三……」タロスが芋虫の数をかぞえた。

「十五匹だ。一匹にひとりずつ人間が乗っている」

「乗物なの？　あの芋虫」

アルフィンが訊いた。

「そんな話は聞いたことがねえ」首を横に振り、タロスが答えた。

「たしかにスポーツとしての乗馬というのはある。テラ原産の馬という動物に乗ってやる競技だ。それを模して、あちこちの星で馬に似た動物を使い、その競技をおこなっている例は少なくない。しかし、芋虫を日常の足代わりにしているなんてことは――」

「まさしく初耳だな」ジョウが言った。

「だが、これは合理的な選択だ」

「どうして？」

アルフィンがきょとんとしてジョウを見る。

「荒地を行くなら、キャタピラがいちばん」

「…………」

「…………」

「…………」

沈黙が生じた。

ブリッジがいきなり冷えた。室温が五十度以上、落ちた。

「あれ？」

ジョウが首を傾げた。

風が吹く。

零下数十度の、凍《い》てついた風だ。

「いや、だから、これは芋虫とキャタピラをかけたネタで……」

「アルフィン、向こうの連中とコンタクトをとろう」

ジョウがあわてて口にする弁明をさえぎるように、リッキーが言った。

「そうね。針路指示に使われていた周波数を使ってみるわ」

アルフィンはジョウから視線を外し、コンソールに向き直った。

「リッキー、おまえは俺と船体のチェックだ」タロスがつづけた。

「ドンゴを動力管制室にまわせ」

「あいよっ」

リッキーがキーを叩いた。

三人が、それぞれの仕事に没頭する。

ジョウひとり、何もすることがない。頬をひきつらせ、ただ凝然《ぎょうぜん》とシートに腰を置いている。

ややあって。

「応答してきたわ」

アルフィンがおもてをあげた。

その一言で、ブリッジの空気が変わった。ネタが滑って腐っていたジョウの表情も、一変した。

音声がスピーカーから流れた。

低い、しわがれた声だ。若い声ではない。老人のそれである。

「モロトフだ。そちらはクラッシャージョウのチームかな?」

「そうだ」ジョウが応《こた》えた。

「契約書にモロトフの名がある。あんたのことか?」

「しかり。わたしがきみと契約した。極めて不自然な接触になったが、これにはさまざ

「非礼があったとは思っていない。気にするな。それよりも、早く詳細を知りたい。今回はアラミスの保証があったから、ゴーフリーで仕事に入る前に説明を受けるという条件を認め、何も聞かずに契約を交わした。例外中の例外だ。こちらとしては、この状況をすみやかに改善してもらいたいと思っている」

「いいだろう。まもなくそこに着く。そのとき、すべてを話す」

「了解した」

いったん通信を切った。

モロトフの言う「まもなく」とは、二十七分あまり後のことだった。

芋虫の移動速度は恐ろしく遅い。徒歩とほぼ同じである。

「んなのに乗らず、歩いてこいよ」

いらついたリッキーが、拳でコンソールを殴《なぐ》った。

芋虫の集団が、〈ミネルバ〉の前にきた。

「周囲に異常なし」アルフィンが視界範囲内及び、上空、地中をスキャンして言った。

「熱源は皆無。鳥一羽、モグラ一匹いないわ」

「よし。外にでよう」

ジョウがシートから立ちあがった。

「待ちなせい」

それをタロスが制した。

「なんだ？」

「そのままだと、まずいことになります」

「まずいこと？」

「毒ガスでも検知したのかい？」

リッキーが訊いた。

「違う」タロスはかぶりを振った。

「大気濃度だ」

「大気濃度」

アルフィンが碧眼をくるっとまわした。

「ここの標高は、ほぼ四千メートル」仲間の顔を見渡し、タロスがつづけた。

「空気が薄い。酸素が少ない。うかつにでて動いたら、確実に高山病になる。身動きできなくなり、へたをすると生命にもかかわる」

「高山病か」

ジョウの表情が険しくなった。

呼びだし音が鳴った。軽やかな電子音だ。

スクリーンに白い布で覆われた男の顔が、アップで映しだされた。表情はまったく見えないが、この男がモロトフである。声で、それがわかる。

「お困りではないかな?」モロトフが言った。

「まさか四千メートルの高地に降ろされるとは思っていなかったから」

「………」

「案ずることはない。われわれも、招いた側としての義務はよく承知している。そのまま外にでてきてくだされ」

「重装備はいやだよ」リッキーが言った。

「宇宙空間なら動けるけど、地上で宇宙服なんか着せられたら、俺《おい》ら、動けなくなっちまう」

「大丈夫だ」モロトフの声に、苦笑の響きが混じった。

「こういう土地には、こういう土地なりの工夫がある。大仰《おおぎよう》な装置など用いたりはしない」

「どうします?」

声をひそめ、タロスがジョウを見た。

「クライアントに従おう」ジョウはあっさりと言った。

「雇い主を疑っていたら、きりがない。何かあったら、そのときに対処する。それでいい」

「そうですな」

タロスがうなずいた。身長は二メートル以上。フランケンシュタインの怪物そっくりの大男は、いざとなると、細かいことを何も気にしない。

ドンゴを動力管制室からブリッジに呼んだ。キャタピラと車輪で駆動する擬似ヒト型のロボットである。ボディは高さ一メートルほどの細長い円筒形で、頭部は横倒しにした卵型。頭部前面に並ぶレンズや端子、LEDにより、そこがまるで人間の顔のように見える。

「キャハ。アトハオマカセクダサイ」操縦席と副操縦席の間にみずからをセットし、ドンゴはきんきんと甲高く響く声で言った。

「何カアッタラ、スグニ援護活動ヲ開始シマス」

ジョウを先頭に、四人がブリッジから通路にでた。

船腹のハッチをひらき、タラップを降ろした。

船外へと進む。

陽光が燦《きらめ》いている。

乾いた、さわやかな空気が四人をふわりと包んだ。

3

しんがりとなったリッキーが大地を両の足で踏みしめたとき、モロトフのキャラバンが、〈ミネルバ〉の真下へとやってきた。

間近で見れば見るほど、かれらが乗っているのは芋虫である。それ以外の何ものでもない。

白布で身を覆った者たちが、つぎつぎと芋虫の背中から飛び降りた。みな、身が軽い。五人が地上に降り、十人が芋虫の上に残った。散開し、〈ミネルバ〉を取り巻くよう、左右に広がった。警戒しているらしい。周囲に視線を向けている。

五人が、ジョウたちの前にきた。ひとりだけ先頭に立ち、あとの四人はひとつに固まって、先頭の男に従っている。

「あんたが、モロトフか？」

先頭の男に向かい、ジョウが訊いた。

「そうだ」

男はうなずいた。白布と黒いゴーグルで、顔はまったく見えない。からだに巻かれた布が、風にあおられ、ひるがえっている。足に履《は》いているのは、膝下丈《ひざしたたけ》のブーツだ。それだけは、なぜか黒い。

「さっそくだが」ジョウの眼前に至り、モロトフは言葉をつづけた。

「全員、これを飲んでくれ」

右手を前にさしだした。

「飲む？」

ジョウの右眉が、小さく跳《は》ねた。

「酸素カプセルだ」モロトフは言った。

「ダイロンを訪れる旅人の必需品だよ。一カプセルで、八時間、新鮮な酸素を体内に供給してくれる。これを一日に三回飲めば、高山病にはならない。息を切らせてへたりこむこともなくなる」

「冗談だろ」リッキーが声高く言った。

「そんなの、飲めと言われてほいほい飲めるかい」

そこまで言って、リッキーは言葉を失った。

口だけがぱくぱくひらく。が、声がでてこない。言葉を絞りだそうという意志はある。しかし、そのために必要な呼気が吐きだされていない。

リッキーの顔色が変わった。いきなり青白くなった。白目を剝《む》き、上体が大きく揺れる。

「まずい」モロトフが前に進み、リッキーのからだを抱きかかえた。

「酸欠だ。不十分な呼吸で大声をだしてしまった」

左手で首すじを支え、モロトフは右手に持ったカプセルをひとつ、リッキーの口にむりやり押しこんだ。

「飲め」怒鳴るように言う。

「とにかく飲みこめ」

意識朦朧《もうろう》となったリッキーは、素直にモロトフの言葉を受け入れた。口内に突っこまれたカプセルをごくりと嚥下《えんげ》した。

そのまま、しばし待つ。

二分後。

リッキーの顔色が正常に戻った。朦朧となっていた意識も回復した。丸い黒目をくるくるとまわし、リッキーは首を横に振る。

「大丈夫か？」

ジョウが訊いた。

「あ、ああ」リッキーは小さくうなずいた。

「でも、何があったんだい？」

リッキーは記憶を失っていた。タラップを下り、地上に降り立ったところまでは覚えているが、そこから先は真っ白だ。モロトフがなぜ、自分の前に立っているのか、それが理解できていない。きょとんとしている。

「ほかの方々もこれを」

モロトフが酸素カプセルをジョウ、タロス、アルフィンにも配った。三人は、すぐにそれを飲んだ。

「ここでは、行動に関して、大きな制限がある」モロトフは言葉を継いだ。

「環境に慣れるまで、急いで動いてはいけない。走るのは厳禁だ。大声もださない。このことを少なくとも、あと五十時間は守っていただきたい」

「仕事は護衛だと聞いている」

ジョウが言った。

「そうだ」

「その制限を守っていたら、仕事を完遂《かんすい》できない」

「それについては、考慮する。酸素カプセルを服用したので、深刻な状況からは解放された。それに――」

「それに？」

「ダイロンに入るころには高地馴化《じゅんか》も終わっていることだろう」

「どういう意味だ？」

タロスが訊いた。

「ダイロンは聖なる山、クレータスのふもとにある。ここから直線でおよそ百九十キロだ。ゴロを酷使《こくし》し、休みなく進んでも、それくらいの時間がかかる」

「ちょっと待って！」アルフィンがモロトフの言葉をさえぎった。

「まさか、ゴロって、この芋虫のこと？」

アルフィンは緑色の大型生物を指差した。

「さよう」

モロトフはゆっくりとあごを引いた。

「あたしたちも、この芋虫に乗って移動することになるの？」

アルフィンの表情がこわばっている。いくらクラッシャーでも、そんなマネはとてもできない。

「それは違う」モロトフは苦笑した。

「ゴロで行くのは、われわれだけだ。だが、われわれの案内がないと、ダイロンに入ることはかなわぬ」

「〈ミネルバ〉でぴゅうっと飛んでいくのはだめなのかい？」リッキーが訊いた。

「こんなだだっ広い場所がなくても、〈ミネルバ〉なら問題なく着陸できるぜ」

「それは、できない」

かぶりを振って、モロトフは答えた。

「搭載艇《とうさいてい》はどうだろう？」ジョウが問いを重ねた。

「ふたり乗りの小型搭載艇が二機ある。超低空飛行ができるし、ちょっとした空地があれば、どこにでも降りられる」

「そいつもだめだ」

モロトフは、また首を横に振った。

「……………」

「制空権を皇帝派に握られている。宇宙船も搭載艇も、ここに置いていくしかない」

ジョウがおし黙ったため、モロトフは言を継いだ。

「意味がわからねえ」モロトフの言葉を聞き、タロスが肩をすくめ、言った。

「〈ミネルバ〉はなんら制限を受けることなく、ここまできた。入国審査もあっさり通り、攻撃や妨害工作もなかった。制空権がどうのこうのって、どういう意味だ？」

「宇宙船はむずかしいが、搭載艇でダイロンに行くことは可能だ」モロトフは首をめぐらし、タロスを見た。

「しかし、搭載艇でダイロンをでることはできない」

「？」

「皇帝はネネトが聖地ダイロンから離れることを強く望んでいる」

「……………」

「ダイロンを離れれば、そのお命を確実に奪うことができるから」

「ネネトって誰だよ？」

つぶやくようにリッキーが訊いた。

「あなたたちに護衛していただく方だ」

「つまり、こういうことかな」タロスが言った。

「俺たちは、これからダイロンに行く。ダイロンには、ネネトがいて、その人物を俺たちは護衛する。ネネトはダイロンをでて、どこかに行かなくてはならない。ダイロンにいる限りネネトは安全だが、ダイロンから離れたとたんに、ネネトは暗殺の危険にさらされる」

「それで正しい」モロトフはうなずいた。

「クラッシャーを護衛につけて、ネネトはダイロンから脱出する。それがゆえに、皇帝はクラッシャーの入国を許した。あなたたちの安全は、ダイロンに入り、ネネトに会うまでは完全に保証されている。しかし、それ以降はわからない。ネネトと一緒なら、ダイロンの城門を一歩でたとたんに攻撃を受けることも十分に考えられる」

「地上を行けば、安全なのか？」

ジョウが訊いた。

「空路よりはましという程度だな。地上には身を隠す場所が多くある。ジョハルタも多数、そこかしこにひそんでいる」

「ジョハルタ？」

「ネネトの民だ」

「…………」

ジョウ、タロス、アルフィン、リッキーの四人が、互いに互いの顔を見合わせた。モロトフの言葉を理解することができない。何を言っているのか、まったくわからない。

「地上装甲車を持っているか？」

モロトフが訊いた。

「ああ」ジョウが答えた。

「一輛、搭載している。原野だろうが、砂漠だろうが、走行可能だ。武器もある」

「いいだろう」

モロトフの手が、自分の顔を覆っている白布にかかった。端を握り、布を巻きとりはじめた。

ゆっくりと布を剝ぐ。

顔があらわれた。四十歳前後の男の顔が布の下から出現した。声で想像していたよりも、モロトフは若い。短く刈りあげた髪は栗色で、口ひげをはやしている。

「あらためて名乗る」ジョウをまっすぐに見据《みす》え、モロトフは口をひらいた。「ネネトの神官、モロトフだ。これから、わたしとジョハルタの戦士が、あなたたちをダイロンへと導く。地上装甲車で、われらのあとにつづいてきていただきたい」

静かに言った。

低い、かすれた声だった。

4

芋虫《ゴロ》の群れが動きはじめた。

そのあとに、ゆっくりとガレオンがつづく。〈ミネルバ〉は着陸地点に残した。「ジョハルタが守る」というモロトフの言葉を信じて。

〈ミネルバ〉の船内には、ドンゴを置いた。ドンゴなら、いざというとき、発進、操船ができる。

ガレオンのコクピットは満席状態になっていた。操縦席にタロスが入り、その横のシートにジョウが腰を置く。リッキーとアルフィンは後部の補助シートだ。ガレオンの本来の乗車定員は二名である。今回はペイロードの一部をつぶし、そこに補助シートを装着した。

車体長六・一メートル、全幅二・九八メートルの地上装甲車が、じりじりと進む。速度は時速四キロ。これがゴロの限界前進速度らしい。

「泣きますぜ。出力六千馬力の核融合タービンエンジンが」

タロスがぼやいた。

「腰がいったーい」

「尻が割れるう」

補助シートにすわるアルフィンとリッキーは文句しか言わない。

「はぐれるでないぞ」通信機から、モロトフの声が流れた。

「しもべの道を外れたら、生命の保証はできない。そこには、死が待っている」

「しもべの道？」

「ネネトに仕える者が切りひらいた道だ。そこには皇帝の力が及ばない」

「道なんて、どこにもないぞ。あるのは、地上絵の輪郭になっている白い帯だけだ」

ジョウが応えた。

「あの絵はしもべの道の目印のひとつだ。しもべの道は目で見えない。心で感じて進む」

「なんだよ。それ」

リッキーが肩をそびやかした。

「感じることのできぬ者は、われらについてくるしかない。そういうことだ」

「やれやれ」タロスが首を横に振った。

「ここは、文明を拒否した土地ですな」

ジョウに向かって言った。

「くれぐれも、われわれを見失わぬように」

モロトフのこの一言で、通信は切れた。

「まいっちゃうわね」アルフィンが言った。

「とんでもない仕事を引き受けちゃった」

「運が悪かったんだよ」リッキーがぼやく。

「あんなに早くあの仕事が片づくとは、誰も思っていなかったから」

アラミスから至急の通信が入ったのは、標準時間で八十時間ほど前のことだった。

オペレータが、仕事を依頼したいと言う。

アラミスはクラッシャーの星だ。

二一一一年、人類は悲願の宇宙航行技術、ワープ航法を手に入れた。人口増加による飢餓《きが》、戦争、疫病で、生存の危機に瀕《ひん》していた人類は、即座に外宇宙への移民を開始した。

しかし、広大な銀河系とはいえ、移民に適した地球型の惑星は、予想以上に少なかった。ほとんどの惑星は、人類が居住するためにはなんらかの改造を施す必要があった。テラフォーミングの技術は、すでに完成していた。が、それを遂行する経験と能力を、多くの移民者は持ち合わせていなかった。

そんなとき、クラッシャーがあらわれた。

クラッシャーは宇宙のなんでも屋を自称していた。

惑星改造から航路の整備、危険物の輸送、VIPの護衛まで、法を逸脱《いつだつ》しない範囲の仕事なら、なんでもクラッシャーは引き受ける。そう豪語し、実際、そのとおりに依頼された仕事をこなした。

登場したころのクラッシャーは、玉石が混交していた。中には、ならず者とさほど変わらぬやからもいた。荒くれ集団。有能だが、暴力的。統制がとれておらず、ときには法外な料金をふっかける。

そんな評判が定着した。

そのクラッシャーに対する認識を一変させたのが、クラッシャーダンだった。

ジョウの父親である。

クラッシャーダンは、ばらばらになっていたクラッシャーの群れをひとつの組織にまとめあげた。

そして、厳しい規律のもとに統率し、無法者扱いされていたクラッシャーの立場を宇宙のエリートへと一変させた。

専用の宇宙船。特注の各種装備、武器。それらを手足のごとく操り、困難な仕事をつぎつぎと成功へと導いていく。

ダンはクラッシャー評議会を設立し、おおいぬ座宙域にある恒星トールの第四惑星、アラミスを銀河連合から譲り受けた。そこが、銀河系全域に散ってさまざまな任務に従事している宇宙生活者たちの活動拠点となった。

いま、アラミスにはクラッシャー評議会の本部がある。銀河連合はアラミスを準独立国家として承認し、クラッシャー評議会をその統治機構としている。元首にあたる評議会議長は、現役を引退したクラッシャーダンである。

アラミス経由の仕事の依頼を、合理的な理由なく拒否できるクラッシャーはいない。形式上は強制力を伴わないとされているが、それはあくまでも建前だ。スケジュールがあいていたら、すべてのクラッシャーが無条件でその依頼を受ける。それは一種の不文律となっている。

アラミスからの通信が入ったとき、ジョウのチームは、まだ前の仕事を完全に終えていなかった。

無差別テロの犠牲者の家族から、犯人の確保を頼まれた。

簡単には解決できない、困難な仕事だ。時間を要すると踏んでいたジョウは、この件が標準時間で二十四時間以内に片づいたら、その依頼を受けてもいいと答えた。もちろん、片づくはずがないと思っての返答だ。

ところが、その予測が大きく狂った。

接触していた情報屋が、いきなりとびきりの情報をジョウのもとに送ってきたのだ。犯人を特定できた。賞金首である。すぐに潜伏先を急襲し、身柄を押さえた。そして、そのまま当局に引き渡した。

あっという間の解決である。

となれば、アラミス経由の依頼を受けなくてはならない。

依頼には条件がついていた。

クラッシャーのレベルに関して、アラミスの保証があること。

承諾した場合は、当該《とうがい》クラッシャーが即刻、ゴーフリーにくること。

仕事の内容説明は、契約成立時ではなく、開始直前にゴーフリーにおいておこなうこと。

この条件を、なんとアラミスはすべて呑《の》んでいた。

冗談じゃないとジョウは声を荒らげたが、文句を言っても意味はない。異論が通るはずもない。

断腸の思いで、契約書にサインした。仕事が終わったら休暇をとることにしていたが、それは流れた。時間的余裕は一秒たりともない。

原野をガレオンが行く。スクリーンに巨大な岩塊と緑の草原が映っている。走りはじめてから六時間。景色はずうっと同じだ。背景に聳《そび》え立つ山々の輪郭が、少し変わったくらいだ。

「あいつら、休もうとしないね」

リッキーがあごをしゃくり、ゴロの群れの映るスクリーンのひとつを示した。車内で誰かが口をひらいたのは、八十二分ぶりだ。不平を言い散らしていたリッキーとアルフィンは、ふてくされて、しばらく惰眠《だみん》を貪《むさぼ》っていた。アルフィンは、いまでもすーすーと寝息を立てて深い眠りについている。リッキーだけは数分前に目を覚ました。

「たぶん、ダイロンってとこに着くまでノンストップだろう」ジョウが言った。

「口調はひょうひょうとしていたが、俺はやりとりしていて、強い緊張感をおぼえた。時間が少ない。そんな印象を受けた。モロトフは、見かけよりもあせっている」

「そうですな」タロスがうなずいた。

「胡《う》散《さん》臭い国ですぜ。ゴーフリーは」

低い声で、言った。

もちろん、ジョウたちは太陽系国家ゴーフリーのことをデータベースで調べてきた。

いくらあわただしい移動であっても、それくらいの時間は十分にある。

テラフォーミングが施され、人間が居住している惑星はスオラシャひとつだけだ。他に七つある惑星のほとんどは、鉱物資源採取のためだけに開発された。惑星改造はおこなわれていない。

惑星国家としてテラから独立したときは、大統領制を採用していたが、三年前、太陽系国家となって十二年目に軍によるクーデターがあり、若い将校が皇帝に即位した。二か月後、この専制君主制の政権は銀河連合によって承認がなされた。調査団により、国民への弾圧行為などがないと判定されたからだ。

しかし、国内にはクーデターの後遺症ともいうべき軋轢《あつれき》が、たしかに残っていた。内戦や虐殺という形をとるまでには至らなかったが、局地的な武力行使がいくつか確認されている。紛争自体は、まったく終息していない。新政権は安定したと喧伝《けんでん》しているものの、その実態は相当に微妙だ。軍事行動は、いまでもそこかしこでつづいている。反政府軍ともいうべき存在がかなりの勢力を保ち、各地で叛乱《はんらん》のようなものを起こしているとの情報も少なからずある。

反乱軍の拠点は、ダイロンと呼ばれる城塞《じょうさい》都市。

データには、そのように記されていた。

5

ぶ厚い防弾ガラスの前の席に、ルキアノス一世は腰を置いていた。

ガラスの向こう側には、広大な空間が広がっている。ルキアノスのすわる椅子《いす》は、いわゆる玉座ではない。ごくありふれたソファだ。背後には、例によって、宰相《さいしょう》のガランドがひっそりと立つ。

「…………」

ルキアノスは右手で頬杖をつき、視線をまっすぐ正面に向けていた。口はひらかない。ここにきてから、ずうっとおし黙っている。

宮殿の地下深くに設けられた極秘実験用の施設。

それが、ここだ。

施設は巨大なホールになっている。ここで、開発されたサイボーグ兵士が最終テストを受ける。剣闘士としてデビューさせるか否《いな》かを、皇帝が決める。

防弾ガラスの窓の中、上下左右に小さなスクリーンがいくつか重なって浮かんでいた。

窓がスクリーンパネルを兼ねている。

それらのスクリーンに映像が入った。

ひとりの男のさまざまな角度から見た姿が、複数のスクリーンに大きく映る。

ザックスだ。

裸の肉体に、小さな腰あて。サイボーグの戦支度《いくさじたく》である。全身が武器となっているサイボーグは甲冑《かっちゅう》や戦闘服を身にまとうことができない。それらは攻防の邪魔になる。本来なら、全裸でもいいのだが、皇帝の前では礼儀として腰だけを隠す。

ザックスはホールの中央に立っていた。足を肩幅にひらいて、直立している。

「これより、戦闘シミュレーションをはじめる」

ガランドが言った。宰相のガランドはもともとロボット工学の泰斗《たいと》で、皇帝ルキアノス一世の軍事顧問から、この地位にまで登りつめた。いまはサイボーグ開発計画の総責任者も兼任している。

「………………」

ザックスは反応を見せなかった。ガランドの声は、ホール全体に大きく響いている。聞こえていないはずはない。

「敵はジョハルタだ」ザックスの態度を気にせず、ガランドは言を継いだ。

「これまでに集めたデータのすべてを投入した。動き、戦術、装備。再現率はほぼ百パーセントだ。完璧な勝利をめざせ」

「………………」

ホールが変化した。床が細かく数千もの面に割れ、それぞれが脈動するように動きだした。

起伏がつくられていく。丘ができ、谷が刻まれ、岩塊がうず高く積みあがる。床下から細長い柱も数百本と伸びてきた。柱は途中で枝分かれし、金属の葉叢《はむら》を繁らせる。そのさまは、まるで森だ。緑に彩られてはいないが、たしかにこれは深い森を模している。

数分で、戦場が完成した。

そして。

そこにザックスと戦う相手が登場した。

白い影が揺れた。

丘のふもと、谷の底、森の中。数体の影が忽然《こつぜん》とあらわれ、ザックスを包囲する。

動きがなめらかだ。素早く移動し、挙措《きょそ》によどみがない。

もちろん、かれらは人間ではない。

精巧に組みあげられたアンドロイドだ。工業惑星ドルロイのそれにも匹敵する高い技術で設計されている。

アンドロイドのジョハルタは、白い衣装を身につけていた。ネネトの民。その象徴ともいえる白い布。それを全身に巻きつけている。

皇帝の軍隊は、ジョハルタにいくたびも苦汁を飲まされてきた。かれらは曠野《こうや》のゲリラだ。正面切って大部隊と戦うことはない。待ち伏せや奇襲、夜襲で執拗《しつよう》に攻撃を仕掛けてくる。気配を断ち、常識では考えられない緻密《ちみつ》な連携を見せて、兵士たちを翻弄《ほんろう》する。いかに強力な火器を有していても、敵の姿を捉えられなければ、ただの花火にすぎない。

ジョハルタの抵抗運動がはじまってからおよそ一年。圧倒的な戦力差がありながら、ネネトをめぐる争いは膠着《こうちゃく》状態に陥った。

ほとんどすべての権力を把握して、皇帝に即位したルキアノスだが、しかし、まだゴーフリーの絶対的支配者とはなっていない。

ネネトがいるからだ。

元凶はネネト。

最後に残った、最大の障害。

ネネトをなんとかしなくてはいけない。

最善の方法はネネトを皇帝の支配下に置くことだ。が、それは容易なことではない。ルキアノスの知るネネトは、伝説の力を持つ超絶の存在だ。伝説が事実なら、その行為には、大きな犠牲が伴う可能性が高い。

となると。

残る手はひとつ。

殺すしかない。

殺せば、ひとまずかたがつく。少なくとも、ジョハルタは、その存在意義を失する。もしかしたら、かれらの力も消える。ネネトの権威を手中に納めることはできなくなるが、それはそれで、やむを得ないことだろう。

ネネトを捕獲しろ。さもなくば、殺せ。

ダイロンが帝国政府に対し叛旗《はんき》をひるがえしたとき、ルキアノスが発した命令がそれだった。

地上と空から、軍がダイロンを攻撃した。

宇宙軍はさしたる戦果をあげることができず、地上軍は大敗を喫した。

「ダイロンは得体の知れぬ力で守られています」

前線から届いた報告に、ルキアノスは言葉にできない恐怖をおぼえた。

ネネトが加護する城塞都市。

彼我《ひが》の戦力差は、桁違《けたちが》いだ。装備も比較にならない。最新兵器を帯びた政府軍と戦っているのは、前世紀の遺物のようなゲリラ部隊だ。その軍隊ともいえぬジョハルタのささやかな集団に、政府軍があっさりと蹴散らされた。

捕獲を断念する。ダイロンを地上から消せ。ネネトの生命ごと、町を抹殺《まっさつ》せよ。

あらたな命令を、ルキアノスは下した。

それが一週間前のことだ。

そして、待ちに待った朗報がきた。

ネネトが負傷した。

ダイロンは陥落しなかった。ほとんどの攻撃が、伝説の力により、途中で無力化された。だが、雪崩《なだれ》るような無差別攻撃の一部が、その不可視のバリヤーをわずかに破った。ネネトの宮殿を一弾が直撃した。

さらに、続報がもたらされた。

ダイロンがクラッシャーを雇った。

傷の治療のため、ネネトがダイロンから離れる。

ネネトの力は、ダイロンを守るためのものだ。ダイロンにいてはじめて、ネネトはネネトとなる。伝説はそう告げている。

問題は、ジョハルタとクラッシャーだ。ネネトがダイロンを離れても、ジョハルタの力は衰えない。強敵であることに変わりはないだろう。クラッシャーもそうだ。ダイロンの長老たちが雇ったのは、特A級のクラッシャー——いわゆるトリプルエースと呼ばれるチームだった。どうやら、長老の中にアラミスとコネクションを持つ者がいたらしい。トップクラスのチームのスケジュールを強引にあけさせた。

攻撃は、少数の精鋭部隊を用い、ピンポイントでおこなう。大部隊を派遣することはしない。ゲリラ戦術にはゲリラ戦術。標的はひそやかに始末する。

その精鋭部隊の指揮官となるのが、ザックスだ。

「はじめろ」

ルキアノスが言った。低い声で、ぼそりとつぶやいた。

霧が生じた。

乳色の深い霧だ。人工の戦場を、またたく間に覆っていく。視界がさえぎられ、肉眼では何も見ることができなくなった。

「切り換えます」

皇帝に向かい、ガランドが言った。同時に、防弾ガラス全体が大きなひとつのスクリーンへと転じた。重なり合っていた小型スクリーンがすべて消える。

あらたな映像が、画面いっぱいに広がった。

モノトーンに近い映像だ。色彩がほとんどない。しかし、ものの輪郭ははっきりと見てとれる。人工の丘があり、その蔭に、白い布をからだに巻きつけたアンドロイドが六体、ひそんでいる。

「ザックスの視線です。かれの目に映じている像をそのままこちらに転送させています」

ガランドが言葉をつづけた。ザックスは眼球内にある各種センサーで捉えた情報を専用の生体チップで処理し、それを見た目の映像として再構築している。双眸《そうぼう》が、レーダーや暗視鏡の役割を果たしているのだ。これにより、夜間や濃霧の中でも良好な視界を得られる。音速レベルで移動する物体でも、見逃すことがない。

アンドロイドは、武器を手にしていた。

長さ一メートルから二メートル弱の棒だ。先端が太くなっており、そこに鋭いスパイクが何本も埋めこまれている。

メイス。はるかなむかし。テラにおいて、その武器はそのように呼ばれていた。しかし、ジョハルタは異なる名称をその武器につけた。

「クォンです」ガランドが、囁《ささや》くように言った。

「あの無骨な武器が、我が軍の重装歩兵をいとも容易《たやす》く打ちのめします」

「仕掛けがあるのか?」

視線をスクリーンに据えたまま、ルキアノスが訊いた。

「力を射ちだす道具です。ネネトの力。いや、もしかしたら、かれら自身の力かもしれません。それを射ちだし、厚さ三ミリのKZ合金の装甲を微塵《みじん》に砕きます」

「いま持たせているのは、レプリカだな」

「さようでございます。実物のクォンと形状、材質はほぼ同等。内部に電源と高出力ビームの発生装置を仕込み、スパイクの尖端《せんたん》から、そのビームを射出します。一閃《いっせん》でKZ

合金を切り裂くほどの威力はありませんが、一般的な重装歩兵の装備なら、確実に貫通可能です」

「裸同然のサイボーグの相手をするには十分ということか」

「はっ」

ガランドは深く頭を下げた。

そのときだった。

画面が揺れた。

スクリーンの映像がノイズで乱れる。

ザックスが動いた。

標的を定め、移動を開始した。

6

ザックスは一気に進んだ。

ためらうそぶりは毫《ごう》もなかった。深い霧をつき、まっすぐに前進した。

画面がわずかに揺れる。スクリーンの端に数字が浮かんだ。ザックスの移動速度である。秒速一九・六メートル。時速換算で七十キロを超える。百メートルを五秒強。常人にだせる速度ではない。

アンドロイドが反応した。ザックスの視線の動きでそれがわかった。スクリーンの映像は背すじが冷えるほどに臨場感がある。ルキアノスは知らず身を乗りだし、食い入るように画面を見つめている。

とつぜん、霧が割れた。まっすぐ縦に裂け、そこからクォンの先端が飛びだしてきた。鋭いスパイクが、ザックスの眼前をかすめる。

ザックスは平然とクォンの切っ先をかわした。皮膚の表面に、数ミリ届かない。しかし、この数ミリは無限の距離と同じだ。いかに強力な武器であっても、当たらなければ、それは存在しない。アンドロイドは無を振りまわしている。

まばたきひとつせず、ザックスは間合いを詰めた。うなりをあげてクォンが宙を疾《はし》る。それを流れるような身のこなしで、ザックスはすべてよけた。よけて、前に踏みこんでいった。

腕から、電磁カッターが飛びだした。コロシアムでガバナルを切り裂いた、あの三日月型の刃だ。

光が弧《こ》を描く。霧の中で鈍く輝く。

そこから先は、六回目の防衛戦の再現となった。違うのは、相手がガバナルひとりではないことだ。五体のアンドロイドが、電磁カッターの餌食《えじき》となる。

激しく動くザックスの視界の中で、五体のアンドロイドがスクラップと化した。首が落ち、胴が両断され、四肢が四方に散る。

ザックスの足が止まった。

敵の気配が消えた。

アンドロイドは、もう一体も残っていない。それをザックスのセンサーが確認した。

霧がゆっくりと晴れていく。

「四十七秒です」

ガランドが言った。ザックスが標的を定めてからの時間だ。

「みごとだな」

低く、うなるようにルキアノスがつぶやいた。

スクリーンの映像が変わった。画面の中央に、すっくと立つザックスが映った。

最強の剣闘士は、呼吸ひとつ乱していない。

スクリーンの隅にザックスのバイタルが表示された。心搏数《しんぱくすう》、血圧、体温、どれをとっても変化がほとんどない。

「では、すぐに本来のテストに入ります」

ガランドがつづけた。いまのはただのウォームアップだ。かれは、そう言っている。

霧が排除された。視界が完全に回復した。人工の丘や森が、ザックスの周囲に白く広がっている。地形に大きな変化はない。

　ザックスの背後の床が割れた。一部が静かにスライドする。口がひらいた。十メートル四方ほどだ。

　そこから、あらたな床がせりあがってきた。

　大型のエレベータだ。そこに人間がぎっしりと並んでいる。ザックス同様に、ほとんど全裸だ。小さな腰あてのみを身につけている。武器は手にしていない。

「これがそうか？」

　独り言のように、ルキアノスが訊いた。

「さようでございます」ガランドが答えた。

「量産型のサイボーグです」

「何人、用意できた？」

「いま現在、十七体が完成しております。このテストで生き残った者を作戦に投入する予定です」

　ゴーフリーの戦闘用サイボーグは、選《え》りすぐった兵士をひとりずつ改造してつくりあげてきた。いわば、オーダーメイドの戦士である。KENPO、マーシャルアーツ、射撃、その他の能力でトップクラスにある者だけを選び、かれらの適性に合わせて改造をおこなった。

だが、これでは、必要とされるだけのサイボーグを確保することができない。すぐれた一戦士にはなるが、軍隊を構成するのは不可能だ。

そこで、新兵器開発研究所は、これまでに獲得した技術を応用し、多数のサイボーグ兵士を量産するシステムを新規に構築した。

量産型の素材になるのは、一般の兵士たちである。志願してきた若者を軍のキャンプで鍛え、訓練し、一人前の兵士にする。とくに秀でた面というものはないが、軍隊の戦闘要員としてはほぼ完璧といっていい。命令には絶対服従し、いかなる作戦にも命を賭《と》して参加する。そんな兵士を二十人ほどガランドは集め、全員にほぼ同一仕様の改造を施した。手術後に三体が死亡し、十七体が残った。

いま、その十七体の量産型サイボーグが、ザックスの前に並んだ。いっせいに敬礼する。かれらには、すでにザックスの指揮下に入るよう申し伝えてある。

「これより、ザックスがかれらを用い、敵大集団との戦闘を開始します」

「指揮官としての才を問うのだな」

ルキアノスが応じた。

その直後。

今度はアンドロイドの一隊が仮想戦場に出現した。いでたちは、これまでどおり、ジヨハルタのそれである。しかし、先ほどとは数が違う。

「こちらは百体、そろえました」ガランドが言った。

「組織的行動をとるよう、プログラミングされています。戦法は、過去の戦いをシミュレートしました」

「サン・クルーベの屈辱。我が軍が惨敗したやつだな」

「しかり」

ガランドは小さくあごを引いた。

「あれを十八対百で再現させるか」

あらためて、ルキアノスはスクリーンに向き直った。

ザックスが部下となった十七体のサイボーグを散開させた。すうっと流れるような足運びで、サイボーグ兵士たちが戦場全体に素早く広がっていく。言葉の指示はない。だが、ザックスの意志はかれらに完璧に伝わっている。それぞれの体内に内蔵された通信機から、つぎつぎと命令が届き、それに従って、かれらは動く。通信チャンネルを切り換えることで、ザックスは十七体全員と個別にやりとりができる。

スクリーンの映像が変わった。ザックスの見た目ではない。上空からの俯瞰《ふかん》映像だ。これで、戦場全体が一目で見渡せる。何がどこで起きているのかが、はっきりとわかる。量産型が前進を開始した。地形を利用し、ジグザグに移動する。となり合った者同士、互いに位置を入れ替えて歩を進める。

待ち受けるアンドロイドは、サイボーグ兵士の動きにとまどいを見せた。そもそも、移動速度が違う。かれらのメモリーに入っているデータは、生身の兵士のものだ。敵がサイボーグであることは、知らされていない。

サイボーグ兵士の群れが、アンドロイド側の攻撃範囲内に進入した。この状態になったとき、ゴーフリー帝国宇宙軍皇帝親衛隊の精鋭たちはジョハルタの不意打ちを浴びた。かれらは忽然とあらわれ、重装甲戦闘服で身を固めていた親衛隊員をクォンでつぎつぎと打ち倒した。

だが、今回は違った。物蔭にひそむアンドロイドは、いっせいに飛びだすことができない。サイボーグ兵士のスピードに、感覚センサーが幻惑されている。そのため、先制攻撃を開始するタイミングがつかめない。

アンドロイドのコンピュータが、サイボーグ兵士の移動速度をデータとして取得し、作戦の補正をおこなった。

すでに敵は迎撃予定地域の奥深く入りこんでいる。

もはや猶予《ゆうよ》はない。

アンドロイドがいっせいに打ってでた。いまなら、まだ奇襲になる。そう判断した。

勢力差も大きい。敵一体に対し、アンドロイドは五、六体の集団で襲撃をおこなう。

しかし。

奇襲は空振りに終わった。

サイボーグ兵士が加速した。これまでの動作は一種のブラフだった。パワーを抑え、わざとゆっくり動いていた。桁違《けたちが》いの速さだったが、それでもまだ十分に余裕があった。

アンドロイド部隊は混乱をきたした。

目標が包囲網をすりぬけていく。逃すわけにはいかない。やむなく追う。

アンドロイド軍の態勢が完全に崩れた。組織的行動をとるようプログラミングされていたのに、それがまったく機能していない。軍全体がみごとに数体単位で分断された。

ザックスが突入した。

7

アンドロイド軍は、虚を衝《つ》かれた。

十八体の敵軍。そのうちの十七体が攪乱用《かくらんよう》のおとりで、攻撃をおこなうのがたったの一体などという非常識な戦法は、まったく想定していなかった。

アンドロイド軍は、ばらばらに散った量産型サイボーグ部隊に釘《くぎ》づけになっていた。

そのアンドロイドを、ザックスが一体ずつ片づけていく。

すさまじい速さだ。一陣の風のごとくアンドロイドの間を駆けぬけ、電磁カッターでその腹部、首、腰をずたずたに切り裂く。

黒い液体が噴出した。油圧機構のオイルだろうか。

一体の量産型サイボーグを囲んでいた数体のアンドロイドを、ザックスは一瞬で殪《たお》した。

と同時に、身をひるがえす。あらたな獲物を求め、進路を変える。

つぎの一群の前に達した。ここのアンドロイドも、ザックスの存在に気づいていない。

同じ光景が、また繰り返された。

ザックスが疾駆する。その直後に、アンドロイドの群れがオイルを撒《ま》き散らしてスクラップとなる。抵抗はほとんどなかった。

ザックスは、これを十七回、間を置くことなくおこなった。さすがにあとのほうになると、アンドロイド軍もなんらかの反撃を試みようとしたが、それらの動きは、すべて量産型サイボーグによって、阻止された。ザックスに気を向けたら、量産型サイボーグが襲いかかる。それに対処しようとすると、ザックスが突っこんでくる。

ザックスはみずからの移動に合わせて量産型サイボーグたちに指示を発し、突撃する直前まで、アンドロイドの意識をかれらに集中させていた。それがゆえに、アンドロイド軍は常に不意打ちを受けるという状況に陥った。

「ふむ」

ルキアノスが短くうなった。

みごとな連携プレーである。指揮官としても優秀だ。彼我の勢力差を瞬時に見極め、このような戦法を即座に思いついて実行した。胆力も、並みではない。

戦闘が終了した。

百体のアンドロイドが、一体残らず全滅した。

「八百五十二秒」

ガランドが言った。一体を八秒強で屠《ほふ》った。量産型サイボーグを展開させるためにかけた時間を考えると、驚異的な速さである。

量産型の損耗《そんもう》は二体だった。一体はクォンで腹部をえぐられ、もう一体は首を刎《は》ねられた。ともに即死である。これはテストを目的としたシミュレーションだが、中身はまぎれもない実戦だ。兵士の生命が保証された模擬戦ではない。

生き延びた量産型サイボーグ兵が、ザックスのもとに再集合した。

整列し、隊長の前に並ぶ。

「よくやった」皇帝の声が、高く響いた。

「諸君はわたしの誇りだ。その力は、我が軍の希望となる」

「…………」

直立不動の姿勢で、十六体のサイボーグは、ルキアノスの言葉を聞いた。

「ザックス」

「はっ」

ザックスが敬礼した。かれらのいる位置から、ルキアノスの姿は見えない。ルキアノスの前にあるスクリーンを兼ねた窓は、反対側から見ると、ただの白い壁だ。ザックスのセンサーアイでも、壁にしか見えない。そのように表面処理が施されている。

「おまえにこの十五人を預ける。かれらをデュアブロスと名付けよう」

「はっ」

「おまえはデュアブロスを率い、ダイロンに向かえ」

「ダイロン」

「目標はネネトだ。ネネトを捕まえ、ここに引きずってこい。それがおまえとデュアブロスに与えられる任務だ」

「はっ」

「捕獲が不可能ならば、殺してもよい」

「………」

「しかし、わたしはネネトが生きてわたしのもとにくることを望んでいる」

「ご希望をかなえます」

「ネネトには、護《まも》り人がいる。ネネトの民、ジョハルタだ。先ほど、おまえたちが戦った相手は、そのネネトの民の力と戦法をシミュレートしたものだ」

「われらの敵ではありません」

「だが、今回の相手はジョハルタだけではない」

「…………」

「ダイロンはクラッシャーを雇った」

「…………」

「これが、そのクラッシャーだ」

立体映像が浮かびあがった。立ち並ぶサイボーグたちの眼前に、ふわりとあらわれた。ジョウのチームだ。向かって左から、タロス、リッキー、アルフィン、ジョウ。ほぼ等身大の映像になっている。

「ランクはAAAだ。とてもトップクラスのクラッシャーとは思えぬ顔ぶれだが、実績はたしかに高い。銀河連合主席の護衛をつとめたこともある」

「…………」

「とはいえ、しょせんはただの人間」ルキアノスの声に、嘲笑の響きが混じった。

「さほど気にすることはない。最初に排除しろ。ジョハルタはあとだ。高額の礼金を支払って雇ったクラッシャーが、なんら働くこともなく、ぶざまに殺される。ネネトはさぞや落胆することであろう」

「ご期待を裏切ることはありません」

ザックスが口をひらいた。短く応えた。

「新装備をおまえたちに与える」

ルキアノスは言葉をつづけた。

「…………」

ザックスの右眉が、かすかに跳ねた。ほとんど目に留まらぬ反応だったが、その顔を拡大映像で凝視《ぎょうし》していた皇帝は、それを見逃さなかった。

「心外かな」

探るようにルキアノスがザックスに問う。

「…………」

ザックスは何も言わない。

「遠慮は無用」ルキアノスの口調が少しやわらいだ。

「気持ちはわかる。わたしがおまえでも心外だと思う。だが、わたしの立場からすれば、これは当然の処置だ。おまえとおまえの部下十五人、この後は、もう簡単に失いたくない。ゆえに、過剰ともいえる装備をおまえたちに渡す。念には念を入れるということだ」

「…………」

「ガランド、あれをかれらに」

「はっ」

今度は宰相の声が短く響いた。

「全員、その場で凝固！」

ガランドが言った。

直後。

サイボーグたちの肉体に、大きな変化が生じた。

コンマ数秒の出来事である。一瞬といっていい。

ほとんど裸体同然だったサイボーグのからだが、暗色のプロテクター兼スーツで覆われた。

光沢のないボディスーツだ。顔も、口もとのあたりが完全にカバーされる。

「フリーズ解除」

ガランドが言った。

だが、サイボーグたちは微動だにしない。表情も変わらない。

「それは極微小合金塊と、ナノマシンでできている」ガランドは言を継いだ。

「耐熱、耐ショック性能にすぐれ、能力を解放し、いざ攻撃というときは、ナノマシンが着用者の意志を察知して体表面から一時的に離脱する。そして、戦闘終了後に、またもとの形状に戻る。むろん、全離脱ではなく、部分的に体表面上に残すことも可能だ。またナノマシンを含む素材自体を剣状に変形させ、武器として用いることもできるようになっている。これを自在に操れるようになれば、おまえたちの力は予想値で二・七倍に至る」

「………」

「言うまでもないが、操作には多少の慣れが要《い》る。そのための訓練プログラムもある。必要な時間は十八時間だ。これから、そのプログラムに入る。任務に影響はでない。時間の余裕は十分にある。クラッシャーは先ほど入国審査を終え、まもなく地上に降りる。それからダイロンへと向かう」

「任務、了解しました」

低い声で、直立不動のザックスが言った。

「吉報を待っている」

「ザックス」

ガランドの言葉をさえぎるように、ルキアノスの声が割って入った。

「この作戦はゴーフリーの将来を決めるものだ。これまでに実行された、どのオペレーションよりも、その意味は重い。何があっても、わたしを失望させるな」

「全力を尽くします」

サイボーグ兵士が敬礼した。背後の十五人も、それに倣《なら》った。

「では、はじめよう」ガランドがあらためて口をひらいた。

「地獄の十八時間を体験させてやる」

8

丸二昼夜、ガレオンは走りつづけた。

モロトフが途中で休憩をとったのは、わずかに一時間だけである。

驚異的な体力だ。ゴロのような巨大生物の背に乗って移動するのは、けっして楽なことではない。上下動が大きく、一足ごとに強い衝撃がくる。それは、筋肉や関節、内臓に対して、尋常《じんじょう》ならざるストレスとなる。

にもかかわらず、モロトフとかれの仲間は、ほとんど休むことなく、えんえんと前進をつづけた。仮眠ですら、ゴロにまたがったままとった。からだをベルトでゴロの首に縛りつけ、断続的に短く眠る。食事も排泄《はいせつ》も、どうやらゴロの上ですませているらしい。一時間の休憩は、自分たちではなく、ゴロを休ませるためであったようだ。

「とんでもねえ連中だぜ」

タロスが驚きの声をあげた。サイボーグのタロスが、他人の体力に驚嘆することなどめったにない。というか、ほぼ皆無である。もしかしたら、これがはじめてかもしれない。

走りだして、二日目の午後。

ガレオンの行手に、巨大な壁のような崖があらわれた。

「なんだい？　これ」

スクリーンに映る映像を見て、リッキーが目を剝《む》いた。

「まるで巨大なクレーターの縁《へり》っていう感じね」

アルフィンも身を乗りだしてスクリーンを覗《のぞ》きこんだ。

平原から急角度で、大地が高く盛りあがっている。斜度は三十度を軽く超えているようだ。高さは、数百メートルにも及ぶ。スクリーンに映っているのは、そのほんの一部にすぎないが、それでも、見るものを圧倒する光景になっている。

「古い火山の外輪山だな」地形図をサブスクリーンに入れて、タロスが言った。「たしかにでかい。これは超弩《ど》級のクレーターだ」

ガレオンがクレーターの斜面を登りはじめた。

シートが傾く。背中がバックレストに押しつけられる。にわかづくりの補助シートだと、この姿勢は少しつらい。

ガレオンの前進速度が時速三キロに落ちた。ゴロが、その速度で登っているからだ。これ以上加速すると、案内役のジョハルタ一行を追い抜いてしまうことになる。この急峻《きゅうしゅん》な斜面を時速三キロで登るゴロの体力には感心するが、ガレオンに乗るジョウたちにしてみれば、これはただの迷惑な速度でしかない。

登りはじめて、三時間が経過した。

背中が痛い。腰がきしむ。と、リッキー、アルフィンが文句を言う。

とつぜん。

急斜面が終わった。

本当に、いきなりだった。だんだん傾斜がゆるくなるということはなかった。ふいに平地になった。

車体が揺れる。ガレオンが前に大きくつんのめる。リッキーとアルフィンは、補助シートから投げだされそうになり、あわててアームレストにしがみついた。

「タロス、ひどい！」

アルフィンの目が、きりきりと吊りあがった。

「誤解だ」操縦席のタロスが、うろたえた。「地形のせいで、車体が跳ねたんだ。ドライバーの腕の問題じゃない」

ガレオンが停止した。スクリーンに映るゴロの群れも、いったん足を止めている。

「見ろ」ジョウが言った。言って、あごを小さくしゃくった。

「ダイロンだ」

その一言で、車内の騒ぎが鎮まった。

ガレオンは、外輪山のいただきに到達していた。

スクリーンには、そこからの眺望が大きく映しだされている。

広大な盆地の景色だ。外輪山の内側である。直径は、三十キロ以上に及ぶ巨大カルデラだ。

そのカルデラの中央に。

円形の城塞都市があった。

都市全体を城壁が丸く取り巻いている。直径は二、三キロといったところだろうか。まだ距離があるので、判然としない。

「ちっちゃな町」

アルフィンが言った。城塞都市としてなら並みの規模だが、それをさらに取り巻いている外輪山が桁違いに大きい。そのため、ひどくささやかな都市に見えてしまう。

「あれも火山の痕《あと》かい？」

リッキーがスクリーンを指差した。

ダイロンの周囲だ。明らかにクレーターとおぼしき穴が、無数に並んでいる。数は、わからない。直径は百メートルから二百メートルほど。そんなに大きくはない。

「ご覧になったかな？」通信機からモロトフの声が流れた。

「ダイロンを」

「ああ」

ジョウが答えた。

「ダイロンを囲むように、かぞえきれぬほどの穴があいているはずだ」

「見えている」

「あれは、爆撃痕だ」

「爆撃痕」

「ゴーフリー帝国宇宙軍がこの世からダイロンを消し去ろうとして、衛星軌道上から無差別爆撃をおこなった。その痕だ」

「爆撃って、なんのために？」

リッキーが訊いた。

「ネネトを捕えるため。あるいは、殺すため」

「よくわからないわ」アルフィンが小首をかしげた。

「ネネトは人間でしょ。たったひとりの人間を捕えたり、殺したりするために、衛星軌道上から集中爆撃して都市ひとつをまるごと消そうとしたの？」

「ネネトは人間だ。少なくとも、見た目は人間にしか見えない」

「見た目？」

「ルキアノスは、ネネトを恐れている。そして、恐れながらも、ネネトを欲している」

モロトフは、アルフィンの疑問をさりげなくはぐらかした。

「ダイロンのまわりは、爆撃の穴だらけだ」タロスが言った。

「なのに、都市そのものはさほどの被害を受けたように見えない。帝国宇宙軍の攻撃は破壊ではなく、威嚇《いかく》が目的だったんじゃないのか？」

「違う。皇帝は本気でダイロンを叩きつぶす気でいた。だが、ネネトの力が、ダイロンを守った。降りそそいだミサイルのほとんどがダイロンからそれ、そのまわりに無数の爆撃痕をつくった」

「バリヤーかなんかでそらせたのかい？」

リッキーが問う。

「そんなところだと、いまは言っておこう」

「なんか、言葉が曖昧《あいまい》ね」不服そうに、アルフィンが言った。

「あたしの質問にも、まともに答えてくれないし。そんな雇い主が相手じゃ、いい仕事をするなんて無理よ」

「低出力とはいえ、通信で詳細を語ることはできない」

「なるほど」

薄く笑い、タロスがうなずいた。モロトフは盗聴を懸念《けねん》している。

「ところでさあ」リッキーが言を継いだ。

「バリヤーで固められているのに、どうしてネネトはそっから脱出するんだよ。ダイロンの奥にいれば、安全なんだろ」

「ネネトの力によって得られる防御網は強力だが、完璧ではない。弱いところは、あらゆるものに必ずある。ネネトの力も例外ではない。偶然だったが、ピンポイントで力の及ばぬところを貫かれ、ミサイルが被弾してネネトの宮殿の一角が崩れた」

「被害の規模は？」

ジョウが訊いた。

「軽いとは言えないな。ネネトが傷を負った」

「爆撃で負傷……」

「直撃ではなかった。天井が落下し、その瓦礫《がれき》がネネトの居室を圧《お》しつぶした」

「重傷なのか？」

「微妙なところだ。しかし、結果として、クラッシャーの力を借りる必要が生じた」

「だからあ、そういう言い方、さっぱりわからないのよ」

アルフィンの額に青筋が浮かんだ。

「ダイロンには高度治療をできる医療施設がないのだ」やれやれという口調で、モロトフはつづけた。「傷を完治させるためには、ネネトをダイロンの外に連れだす必要がある」

「いま、空爆はどうなっている？」ジョウが口をはさんだ。

「見たところ、何も起きていないようだが」

「きみたちが到着する少し前に、とつぜん攻撃が熄《や》んだ。ルキアノスがネネトの負傷を知ったのだろう。ダイロンに住まっているのは、神官やジョハルタだけではない。ごくふつうの市民や、皇帝のスパイもひそんでいる」

「負傷を知って、爆撃を中止したっていうのか？」

タロスが訊いた。

「われわれは、そう考えている」

「理由は？」

「宮殿で話す。ここで使うべき時間は、すでに尽きた。急坂の登攀《とうはん》で消耗したゴロの体力も回復した。急ごう。もはや、われらに余裕はない。日が暮れるまでに、ダイロンに入る」

通信が切れた。

直後。

ゴロの群れが、また動きはじめた。ここから先は、なだらかな下り坂だ。それがだらだらとダイロンの城壁近くまでつづいている。

「行きますぜ」

タロスが言った。

車体が揺れ、ガレオンが前進を再開した。

第二章　城塞都市

1

眼前に城壁が聳《そび》え立っている。

「八メートルってとこだな」

タロスが言った。スクリーンにスケールを表示させた。城壁までの距離は約五十メートル。もう手の届きそうな位置まできた。真正面に門と金属製の扉がある。いまは閉じていて、ひらいていない。

ガレオンをいったん停止させ、ゴロに乗ったジョハルタたちが、まず門の前に進んだ。

門の脇に、小さなパネルがあった。モロトフがゴロの背から降りて、そのパネルの表面に右手を押しあてた。どうやら、個人認証をしているらしい。

「とりあえずセキュリティはそれなりにあるみたいね」

スクリーンを見ながら、アルフィンが言った。

「見た目はどっかの遺跡みたいな町なんだけどなあ」

リッキーが言った。

門が反応した。巨大な金属扉が横にスライドし、ひらいた。

ひらくのと同時に。

城内からわらわらと人影が飛びだしてきた。ざっと四、五十人といったところか。

飛びだした人影が左右に散開する。手に、何かを持っている。先端が太くて丸い、スパイク付きの棍棒だ。メイスと呼ばれる古代武器に形状が似ている。

人影はゴロの群れとガレオンを包囲するように広がり、円陣を組んで、低く身構えた。

「けっこうぴりぴりしてますな」

タロスが言った。他人事《ひとごと》のような口調だ。かれがこういう物言いをするときは、要注意である。態度とは裏腹に、意識を集中させていることが多い。

モロトフが振り返り、ガレオンに向かって手を振った。

中に入れという合図だ。

ガレオンが再スタートした。

五十メートルを一気に走り、ダイロンの門をくぐった。

門の内側は、ささやかな広場になっていた。

またガレオンが停まる。ゴロの群れとジョハルタがきた。その背後で、門の扉がゆっくりと閉まった。

「ここで全員、下車してくれ」

ガレオンのコクピットに、モロトフの声が響いた。

「わかった」ジョウが応じた。

「外にでる」

四人が車外にでた。

アルフィンとリッキーが大きく伸びをした。考えてみれば、五十時間にわたって、この狭いガレオンの中に閉じこめられていたのだ。全身がひどくこわばっていて、関節がきしむ。血栓《けっせん》ができなかったのが奇跡のようなものである。しばらくストレッチングをおこなった。

「体調はどうかな？」モロトフがきた。首から上が布で覆われていない。素顔を見せている。

「ここは標高五千二百メートルになるのだが」

「悪くない」ジョウが答えた。

「楽に呼吸ができる。からだも問題なく動く」

「それはよかった」

モロトフは小さくあごを引いた。

「変わった造りの都市だ」

タロスがつぶやくように言った。周囲を見まわしている。

町なみにはっきりとした特徴があった。

建物の屋根が、すべてドーム状になっている。例外はほとんどない。九割以上の建築物の屋根が半球形につくられている。構造材は、一般的に建築資材として用いられている強化樹脂だ。ごくありふれた素材である。天然石や特殊合金などはいっさい使われていない。

「ドーム屋根は、力を受けるための構造であり、力を放つための構造でもある」モロトフが言った。

「テラの古代都市の意匠《いしょう》をそのままここに移し、移民後、最初に聖都として建設された」

「力って、なんだよ？」

唇をとがらせ、リッキーが訊いた。モロトフの言は、意味不明なことばかりである。おかげで質問をやたらとしなくてはならない。

「これよりネネトの宮殿に向かう」

例によって、リッキーの問いをモロトフははぐらかした。

「おい」

リッキーが色をなすが、モロトフはとりあわない。アルフィンがリッキーの両腕を背後からかかえ、無言で首を横に振ってなだめた。これはもう、向こうが語りはじめるのを待つしかない。目で、そう言っている。

「どれが宮殿だ？」

ジョウが言った。

「あれだ」

モロトフがダイロンの中心部を指差した。えんえんと連なるドーム屋根の先に、ひときわ大きなドーム屋根の一部が、かすかに見える。

「じゃあ、ガレオンに戻りましょ」

アルフィンが言った。

「地上装甲車では行けない」

モロトフが両手を左右に広げた。白い布がふわりとひるがえる。

「行けない？」

「道を見てくれ。こんな大型車輛が通れるほどの幅がない」

アルフィンは首をめぐらした。建物と建物の間に、細い路地がある。幅は二メートル以下だ。どうも、それがダイロンの標準的な街路のようだ。

「地上装甲車は、われわれが預かる」モロトフはつづけた。

「城門の脇に車輛の整備工場のガレージがある。そこに入れておく。ついでにこちらのメカニックが整備もやっておく。あの高原を走りつづけてきたのだ。点検くらいは必要だろう」

「そうだな」ジョウがうなずいた。

「そういうことなら、そうしてもらおう」

「でも、だったら、あたしたち、歩いてあの宮殿ってとこまで行くの？」

アルフィンが言った。宮殿まで、直線でも五キロ以上はある。この環境でその距離をクラッシュパックを背負い、他の装備を持って歩いていくとなると、少し気が重い。

「イオノクラフトを用意した」

モロトフは、右手に視線をやった。数人のジョハルタが、そこに小型の円盤を並べている。円盤の直径は八十センチ弱。スポーツ競技用のイオノクラフトだ。積載重量が百五十キロ以下で、航続距離も長くはないが、スピードが速い。運動性能も高い。時速四十キロくらいまでなら、簡単にだせる。限界高度は十メートル程度だ。乗った感じはサーフィンのそれに似ている。

「ダイロン城内で使用が許可されている唯一の乗物だ」

「おもしろそうじゃん」

リッキーがさっそく飛び乗った。乗るのと同時に、円盤が一メートル近く浮きあがった。体重移動で、操作する。リッキーはイオノクラフトでガレオンのまわりをくるりと一周した。

「では、行こう」

モロトフが、あとの三人をうながした。

全員がイオノクラフトに乗った。

ダイロンは、迷路のような都市だった。

細い小径《こみち》が複雑にからみ、入り組んでいる。どの道が、どこに通じているのかは、まったくわからない。ナヴィゲートシステムのようなものがあれば、それでもなんとかなるのだろうが、当然、そんなものは存在しない。

「伝統的な構造なのだ」

と、モロトフは説明した。テラから移したのは、建物の意匠だけではない。都市構造そのものも、そっくりコピーした。おそらくは、過去の世界状況が影響しているのだろう。戦争がつづいていた時代だ。攻めこんできた敵兵士を迷路で惑わせ、反撃をおこなう。城塞都市としては、ありふれた構造だ。珍しいものではない。しかし、ジョウたちにしてみれば、これは迷惑以外の何ものでもない。自分たちがどこをどう移動しているのかが、まったくわからない。モロトフというガイドがいなかったら、確実に迷っている。どこにもたどりつけない。

「まもなく到着する」

モロトフが言った。

ジョウは行手を見た。たしかに宮殿のドームが大きくなっている。かなり近づいたことは間違いない。よく見ると、ドームの形状がいびつだ。崩れている場所がある。あれが、ミサイルの直撃による破壊の痕らしい。

モロトフが「まもなく」と言ってから、さらに十五分ほど飛行した。直線では百メートルたらずであっても、ダイロンの迷路を進むと、それが数キロに増える。なかなか接近できない。

が、ようやく宮殿の入口へと着いた。

イオノクラフトを着陸させ、モロトフと四人のクラッシャーは、地上に降りた。

宮殿の扉がひらく。周囲に人の姿はない。しかし、明らかに監視されている気配を感じる。ジョハルタは神出鬼没《しんしゅつきぼつ》だ。ゴーフリーに向かう途中の船内でジョウたちが読んだデータの中に、帝国宇宙軍がジョハルタのゲリラ戦術に苦しめられてきたという記述があった。それは、事実に違いないと、ジョウは思った。ハイテク技術と神秘の技が入り交じった、得体の知れぬ集団。相当に興味深い。

「ネネトがきみたちを歓迎する」モロトフが言った。

「入りなさい」

2

謁見《えつけん》の間《ま》に通された。

宮殿と呼ばれているものの、豪華な調度や華やかな装飾などは、どこにもない。極めて地味な内装だ。がらんとした広間に、年代物のソファやテーブルがいくつか並んでいる。家具らしい家具は、それだけだ。あとは、何もない。黙って案内されたら、ごくふつうの家のリビングルームだと思ってしまうだろう。それにしては、少し広すぎる感じはするが。

「しばし、ここで待っていただきたい」

すぐに、モロトフが姿を消した。ここへくるときジョウたちがくぐった廊下につづく扉ではなく、右手の壁にある小さな扉をひらき、でていった。あとには、クラッシャーの四人だけが残った。

待つ。

淡々と待つ。

モロトフは戻ってこない。もしかして誰かべつの者、もしくは接待用のロボットなどが顔をだすのではとジョウたちは思ったが、そういうこともない。

二十分が過ぎた。

「俺《おい》らたち、ほっとかれてるよ」

リッキーが言った。ジョウ、アルフィン、タロスはソファに腰を置き、からだを休めている。しかし、リッキーはじっとしていられない。ひとりだけ部屋の中をうろうろと歩きまわり、壁やら床やらをしきりに観察している。

「窓もないし、通信端末もない」ジョウたちのほうを振り返り、リッキーはかぶりを振った。

「まさか、ここに監禁されちゃったんじゃないだろうね」

「あほらしい」

タロスが鼻先で笑った。

「なんだよお」

リッキーが突っかかる。

はじめやがった。

ジョウは、そう思った。

タロスとリッキーでは、クラッシャーとしての経歴に大きな差がある。五十二歳でクラッシャー歴四十年のタロスに対し、リッキーはまだ十五歳だ。密航して〈ミネルバ〉

のクルーになってから、わずか三年しか経っていない。当然、世代間のギャップは相当に大きい。タロスから見れば、精神的にも、能力的にも、リッキーは素人《しろうと》で、かつ子供である。一人前の男だと認められるレベルに達していない。

だが、タロスはリッキーをチームの仲間として扱った。チームリーダーのジョウが、リッキーをチームの一員に加え、機関士の座に据《す》えた。ならば、タロスもその意志に従わなくてはならない。

タロスは、リッキーと真剣に喧嘩《けんか》をするようになった。きっかけはさまざまだ。リッキーがちょっかいをだすこともあれば、タロスがリッキーを挑発することもある。ただし、どちらも手はださない。言葉だけで、真剣にやり合う。

これは儀式だと、ジョウは気がついた。ふたりの間に横たわる大きなギャップを埋めるための重要な儀式。これがあってはじめて、ジョウのチームはひとつにまとまる。少しうるさくて、ときにはいいかげんにしろと怒鳴りたくなるが、それでも、この喧嘩をジョウはやめさせることができない。

「なんだもくそもあるか！」タロスがソファから立ちあがり、太い声で言葉を返した。「寝ぼけたことをほざいているから笑ったんだ」

「そりゃ、すげーや」

「寝ぼけたことじゃないやい。まじで心配してるんだぞ」

「くそタロス！」

「るせー！」

ふたりが睨み合った。互いの視線が激突し、火花が散る。

そのときだった。

いきなり扉がひらいた。

先ほどモロトフがでていくときに使った小さな扉だ。

すうっと横にスライドした。リッキーの真正面だ。タロスは背中を向けている。

「え……」

リッキーの丸い目がさらに丸くなった。ぽかんと口をあけ、動きが止まった。

「？」

リッキーの異変に、タロスはすぐ気がついた。視線がそれた。リッキーの目は、タロスの背後へと行っている。

「誰だ？　おまえ」

リッキーが言った。右手を胸もとにあげ、人差指を伸ばした。

「うふふふふ」

笑い声が響いた。

「なに？」

タロスが首をめぐらした。上体をひねり、うしろを見た。

扉の前に。

少女がいた。

十歳くらいだろうか。身長は百四十センチ前後。浅黒い肌に青い瞳。すらっと細いからだをレオタードに似たオレンジ色のボディスーツで覆って、その上に白い布をふわりと巻きつけている。しかし、リッキーが目を丸くするほど驚いた理由は、そこにはない。

少女は、怪我《けが》をしていた。からだのそこかしこが、白いプラスチックバンデッジで覆われている。密閉療法に用いられる自己融着型の包帯だ。

左腕、右足大腿部、そして、頭部のあらかたと左目。見るからに、痛々しい姿である。しかし、少女は、それを苦にしているように見えない。にこにこと微笑《ほほえ》んで、扉の前に立っている。

「どこからきた?」

今度はタロスが訊いた。

「はじめて見る顔だね」

少女が口をひらいた。口調が少年のそれに近い。いわゆる蓮《はす》っ葉《ぱ》な感じだ。言いながら、青い瞳をくりくりっと動かす。プラスチックバンデッジの隙間から飛びだしているドレッドヘアの房が、跳ねるように揺れる。

「あんたたち、よその人だろ？」

たたたっと前に進み、少女は言を継いだ。タロスの問いかけは完全に無視している。

「おもしろいなあ」少女が覗きこむように、タロスとリッキーの顔を交互に見た。

「着ている服もへんだけど、顔はもっとへん」

「…………」

タロスとリッキーは絶句した。いきなりあらわれて、この言いぐさ。返す言葉がない。

「タロスの顔はへんだけど、服はへんじゃないぞ！」数秒の間を置いて、ようやく、リッキーが甲高く異議を唱えた。

「これはクラッシュジャケットといって、俺らたちの制服みたいなものだ。防弾耐熱。宇宙服にだってなるんだ」

「俺の顔をべつにするな」

タロスが吠えるように言った。頬をひきつらせ、リッキーを睨みつけている。

「ねえ」

いきなり、少女がリッキーとタロスの間に割って入った。リッキーの眼前に、その半分が包帯で覆われた少女の顔が、ぬっと突きだされた。コバルトブルーの瞳が、リッキーの顔を見つめている。不思議な色だ。髪も黒。肌も黒褐色なのに、瞳の色が青い。コーカソイド系のアルフィンが金髪碧眼なのはわかるが、こういった例をリッキーは他に知らない。

「あんた、かっこいいね。あそぼーよ」

少女が言った。

「か、かっこいい？」

予想だにしなかった少女の一言を浴びて、リッキーはひどくうろたえた。

「うん、かっこいいよ。そのおっきな前歯もすてき。一緒にゲームでもしようよ」

「い、いや……その……俺ら」

リッキーはしどろもどろである。顔が熱くなるのがわかる。事実、首すじまで真っ赤に染まっている。搏動が高鳴り、心臓が喉《のど》から飛びだしそうになっている。

「あたし、かっこいい子が大好きなんだ」

右腕を横に広げ、少女は左足一本で、くるりと回転した。白い布がスカートの裾《すそ》のように、波打ってひるがえる。

少女の顔が、ジョウのほうを向いた。はじめてジョウは、少女の面立ちをまっすぐに見た。

そのとき。

少女の表情が、かすかに歪んだ。一瞬、微笑が固まった。

傷か？

ジョウは、少女の表情の変化を見逃さなかった。すぐに取りつくろい、なにごともなかったかのように、少女は苦悶《くもん》の色を消したが、それはたしかに、激痛が走ったときの反応だ。傷がひどく痛むらしい。少女はそれを隠そうとしている。

「ねえ、あそぼーよ」

少女がリッキーに迫る。

また、扉がひらいた。

今度は、通路に面した扉だった。

大きくひらき、そこからふたりの男が室内へと飛びこんできた。

ひとりはモロトフだ。もうひとりは、スーツを着た若い男である。

モロトフが少女を見た。

「ネネト！」

声高く、叫んだ。

「ちっ」

少女がわざとらしく舌打ちをした。

「見つかっちゃったよ」

肩をすくめ、にっと笑った。愛くるしい笑顔だ。屈託《くったく》がない。

「ネトぉ？」

リッキーが頓狂《とんきょう》な声をあげた。

「へへっ」

また、少女が笑った。笑いながら、包帯の巻かれた頭を右手でぽりぽりと搔《か》いた。

3

四人のクラッシャーは、まじまじと少女を凝視していた。思いはひとつだ。

この子がネト？

それだけである。

どこをどう見ても、ごくふつうの少女だ。神秘的な雰囲気など、どこにもない。口調も荒く、挙措《きょそ》も粗野だ。いかにも庶民の子供。そういった感じである。聖人とか、高貴とか、典雅とか、崇《あが》めたてられる者に共通のイメージとは、相当にかけ離れている。

「宮殿に住んでいて……」

リッキーがつぶやくように言った。

「仕える者がたくさんいて……」

アルフィンがつづけた。

「皇帝が、その身を欲している者」

タロスがぼそりとまとめた。

この子をクラッシャーは護衛しなければならない。それが、かれらに与えられた仕事だ。

しかし――。

「モロトフ！」少女が首をめぐらした。

「見てのとおりだよ。怪我はもうなんともない。だから、医者は要《い》らない。治療も、しなくていい」

少女は包帯の巻かれた腕をぐるぐると振った。

「やめてください」若い男が叫んだ。

「靭帯《じんたい》が切れかけているんです。骨もまだひびが入ったまま、固まっていません」

「だって、平気なんだもん」

「ネネト！」

モロトフが動いた。速い。白い旋風とでも呼べそうな動作だ。身を低くし、流れるように歩を進め、少女の正面へと、瞬時に移動した。

「おとなしくしなさい」

「やだっ」

少女はモロトフの脇をすりぬけようとした。だが、それをモロトフは許さなかった。モロトフの両腕が、うしろから少女のからだを捉えた。

「離せ！」

少女が抗《あらが》う。モロトフは少女の腰に腕をまわし、その華奢《きゃしゃ》なからだを軽々と持ちあげた。足をばたつかせて、少女は暴れるが、効果はない。

「ベッセル」

モロトフが若い男を呼んだ。男は急ぎ近づき、少女に向かって右手を伸ばした。手に何かを握っている。円筒形の器具だ。無針注射器である。

男の手が、少女の右肩に触れた。と同時に、無針注射器から薬剤が射出された。強い圧力で、薬剤は皮膚から少女の体内へとしみこんでいく。

五秒後。

少女がおとなしくなった。力が抜け、首ががくりと落ちた。目を閉じ、ぐったりとなる。

「何をした？」

ジョウが訊いた。

「眠っていただいた」モロトフが答えた。

「こんなふうに動ける状態ではない。無理をすると、急速に悪化する恐れが相当にある。

だから、主治医のベッセルの判断で、昂奮《こうふん》が鎮まるまで休ませることにした」

モロトフは、テーブルをはさんでジョウの向かい側にあるソファに、そおっと少女を寝かせた。ベッセルが横につき、センサーカードで脈拍や体温など、少女のバイタルを測定している。

「たしかに包帯は巻いているけど」リッキーが言った。

「ぜんぜん重傷には見えなかったぜ」

「腕や足の外傷は軽微です」ドクター・ベッセルが口をひらいた。

「それだけなら、わたしでも対処できます。しかし、頭部の傷が問題です。脳の内部に建材の破片が入りこみました。奇跡的に即死には至らず、機能障害もとりあえずは起きていませんが、それは後々にわたって無症状であることを保証するものではありません。というよりも、急いで異物を除去しないと、ひじょうに深刻な事態に陥る可能性が極めて大です」

「つまり、いまはなんでもないように見えるが、放置しておいたら、確実にまずいことになるって状況なんですな」

タロスがベッセルの言葉をさりげなく嚙み砕いた。リッキーに、はっきりと意味をわからせるためだ。

「そういうことです」

ベッセルは大きくうなずいた。

「脳外科用の手術ロボット、もうけっこう普及してるんじゃないかしら」

アルフィンが言った。

「汎用《はんよう》の装置でしたら、ダイロンの病院にも設置されています」ベッセルが答えた。「しかし、このケースには対応できません」

「どうして？」

「彼女がネネトだからです」

「はあ？」

またネネトだ。アルフィンの表情が険しくなる。ネネトの意味をきちんと説明してもらわない限り、このままではいつまで経っても話が通じない。

「きみは、もうさがってくれるかな」ベッセルに向かい、モロトフが言った。「ネネトは、このままここで寝かせておこう。何かあったら、すぐに呼ぶ」

「承知しました」

ベッセルは一礼し、部屋を辞した。

「さて」モロトフがクラッシャーたちに向き直った。「いまからすべてをお話ししよう」

「ようやくかい」

リッキーが言った。先ほどの動揺がおさまり、いまは顔色ももとどおりになっている。

「この部屋は、ネネトによって完全に結界されている」モロトフはつづけた。

「宮殿全体を結界していただいているが、完璧ではない。しかし、ここならば、絶対に大丈夫だ。あらゆる監視、盗聴システムを無効化できる」

「だから、話せるというのか？」

ジョウが訊いた。

「そうだ。きみたちには迷惑をかけた。お詫びする」

あらためて、全員がソファに腰を置いた。ジョウとアルフィン、タロスとリッキーが並んですわり、モロトフは眠っている少女の横に腰かけた。ソファの配置はコの字形である。真ん中にテーブルがあり、縦軸側のソファにモロトフと少女がいる。

「ゴーフリーは、テラの宗教集落の住民がまるごと移民し建てた国だ」モロトフが言った。

「南太平洋上にあった小さな島の住民たちだよ」

テーブルの天板に映像が浮かんだ。青い惑星、テラの映像だ。海の一角が拡大され、そこに細長い形状の島の姿があらわれた。

「島の名はダイロン」

と、モロトフは言った。

数百年前、ダイロンに一隻の難破船が流れついた。島には有色の住民がいた。難破船に乗っていたのは白人たちだった。住民は難破船の乗組員を救助し、かれらを島民として迎え入れた。長い漂流生活で体力を消耗していた乗組員と島の住民との軋轢《あつれき》は皆無だった。

乗組員は帰国を諦《あきら》めた。船の破損がひどく、外洋航海可能な船を建造できる船大工も、島にはいなかった。かれらは島の娘たちと結婚し、所帯を持った。ヨーロッパの習慣、異文明が島の生活にもたらされ、土地古来の習俗と混じりあってあらたな文化が生まれた。その文化の中には、ネネト信仰のもととなる独自の宗教もあった。

そして――。

時が流れた。

二一〇〇年代、ダイロンは某国の自治区となっていた。人口はおよそ一万人。けっして広くない島に、それだけの島民がひしめいている。全地球規模で起きた人口過密状態はその島をも襲っていた。計算上で限界とされる人口密度の三倍以上である。血の絆《きずな》による強い結びつきを誇ってきたダイロンの島民だったが、そのころには食料問題、住宅問題で、争いごとが頻発《ひんぱつ》するようになっていた。傷害、殺人事件も珍しくなくなった。月に十件以上発生したこともあった。

二一一一年、人類に一大転機が到来した。

ワープ機関の完成である。

移民の時代に突入した。他星系への移民が、ブームになった。ダイロンも例外ではない。南太平洋の孤島にも、宇宙進出の波が押し寄せてきた。

島出身の宇宙開発技術者がいた。かれは巨大な企業を興し、都市単位、国家単位での移民事業支援を商業化させた。

ダイロンは島はじまって以来の危機から脱するため、かれの力を借りた。

一島まるごと、住民が太陽系外の惑星に移民する。

途方もない計画であった。だが、血の絆を重んじる島出身の技術者は、ダイロン島民の要望をほとんど無償で受け入れた。

すべてはネネトのために。

その一言で、あらゆることが決した。

二一二二年、一万人に及ぶ島民全員が宇宙船に乗り、地球を旅立った。早い段階での移民開始ということで、条件のよい惑星が、ダイロンに割りあてられた。テラフォーミングはほとんど必要なく、他国の集団との混成移民にもならなかった。地球連邦が定めた惑星名は、スオラシャ。委任統治領スオラシャが惑星国家スオラシャを経て太陽系国家ゴーフリーになったのは、移民から二十四年後、二一四六年のことである。

移民した島民たちは、すぐに惑星スオラシャに都市を築いた。今度は島ではなく、最初に移民船が着陸した一大陸の高原地帯に建設された。

聖都ダイロン。

それが都市の名であった。

4

「なるほど」うなるように、タロスが言った。

「ゴーフリーはばりばりの宗教国家であると、そういうことなんですな」

「でもって、その中心にネネトがいるのね」

アルフィンがつづけた。

「だけど、ネネトって、なんなんだよ。まだ、ぜんぜんわからないぜ」

長い話をモロトフから聞いても、リッキーはまったく納得していない。

「ネネトがいつ出現したのかは、はっきりしていない」モロトフが、あらためて口をひらいた。

「口伝《くでん》の記録から推察すると、いまから四百年ほど前には、たしかに存在していたものと思われる」

「四百年！」リッキーの目が丸くなった。

「想像できないや」

「遭難船が島に至ってから、十世代近く経たころの話だ」

「狭い島での近親結婚が影響したんじゃないのか？」

タロスが言った。

「そのとおりだ」モロトフが小さくあごを引いた。

「しかし、いちばん重要なのは、その近親婚が一千年ほどつづいていた環境に、新しく西欧人の血が加わり、その後、また近親婚がつづいたということだろう」

「血のつながりがいったん初期化され、それから、近親婚が再びやり直されたってことだな」

「あらたな刺激が、思わぬ作用をもたらした」

モロトフは言葉を切り、口ひげを撫《な》でた。

「ネネトは島民の中の突然変異種と理解していいのか？」

ジョウが訊いた。

「科学的に表現すれば、そうなる」モロトフは低い声で答えた。

「われわれが好む言いまわしではないが」

「で、結局、ネネトってどういう人間だったんだい？」

「生まれたのはふつうの赤子だった。女の子で、肌が浅黒く、髪も黒い。他の赤子と、とくに大きな違いはなかった。その目がひらくまでは……」

「目がひらくまで」リッキーの眉が、ぴくりと跳ねた。

「あの娘《こ》、瞳が青かった！」

「目がひらいたとき、島民たちは驚愕《きょうがく》したという」モロトフは静かに言を継いだ。「その赤子は、左右の瞳の色が異なっていた。口伝の記録には、右の目が青き宝玉の輝きを放ち、左の目がまばゆき黄金の輝きを放っていたとある」

「じゃあ、さっきの少女も」

アルフィンが言った。

「いまは包帯で隠されているが、左の瞳はまさしく黄金に輝いている」

「信じらんない」

「これまでの話から察するに」タロスが言った。「ネネトは何か特殊な力を持っていたようですな」

「ネネトがある種の超能力者であることは間違いない。永《なが》らくそう言われてきた。だが、それを実証する手段がなかった。口伝だけでは、その力がなんであるのか、ほとんどわからない。むしろ、伝説としか思えない部分も多く、実際、ネネトは虚構の存在と断じられていた時期もあった」

「ネネトが初代だけで絶えてしまったってこと？」

「四百年の歳月において、口伝で語られているネネトは三人きりだ。ネネトがいつあらわれるのか、それを知る者はいない。ある日とつぜん、ネネトの特徴を宿した赤子が生まれ、成長した後に、聖なる力を揮《ふる》う。そして、その力は数年後に消える。二十歳を過ぎてもネネトであった例はない。八歳から十歳の間に力を発現させ、十五、六歳で外見以外はふつうの人に戻る。それがネネトだ」

「限定的なエスパーってわけね」

「きみたちがエスパーについて、さまざまな知識を持っていることはよく承知している」モロトフはジョウに向かい、言った。

「暗黒邪神教事件は全銀河系に報道され、長期にわたって、世間を騒がせた。あの事件を解決に導いたジョウをチームリーダーとするクラッシャーチームの活躍を耳にしていない人間は皆無だろう。だからこそ、われわれはアラミスに強く働きかけ、きみたちのスケジュールを強引に確保した」

「なるほど」タロスが苦笑した。

「あのめちゃくちゃな要請の、それが裏事情ってことですか」

「無理を言って、申し訳ない。いまここで、深く謝罪する」

モロトフは頭を下げた。

「で、その限定的エスパーだが」ジョウが言った。

「どういう能力なんだ？」

「微妙な能力……としか言いようがない」

「微妙な能力」

四人のクラッシャーは、互いに顔を見合わせた。モロトフの説明は、いちいち意表を衝《つ》く。

「いつでも、どこでも使えるという能力ではないのだ」

「…………」

モロトフは能力の詳細を語った。

その力は、テレキネシス、テレパシー、テレポーテーション、クレアボワイヤンス、ヒーリングといった特定カテゴリーに分けることができない。

また、ネネトひとりで用いることが可能な能力でもない。

「ネネトの力は、ダイロンの民、全体の力だ」

と、モロトフは言う。

ネネトひとりでは、その力を力として使うことができない。

ダイロンの血を共有する人びとがそのまわりにいて、はじめてネネトは力を揮《ふる》うことができる。そのかわり、先に述べたように、力は特定のカテゴリーに縛られない。ありとあらゆる形で、ネネトの力は発現する。その形を決めるのは、ダイロンの民の総意だ。

中でも、とくに力を導きやすい者たちを、かれらはネネトの民、ジョハルタと呼ぶ。ジョハルタの民の数と意志が、ネネトをネネトにする。

「たしかに限定的エスパーだ」

タロスが大きくうなずいた。ようやく得心がいった。

「しかも、微妙な能力だね」

リッキーが言った。こちらも、ようやく全体像が見えてきた。

「三年前、いまのネネトがゴーフリーに出現した」モロトフの言葉は、さらにつづく。「くしくも、ルキアノスがクーデターを起こし、政権の座を掌握した日の十日後のことだった。クーデターに対する、人びとの心が、血の絆に、なんらかの影響を及ぼしたからかもしれない」

「どういうふうにあらわれたの？」

アルフィンが訊いた。

「家族の安全を確保するため、ネネトの身許《みもと》を明らかにすることはできない。本名も教えることができない。ここでは仮にネネトとなる以前の名をバーラとしておこう。ゴーフリーではごくありふれた名前だ」

「…………」

「バーラは、もともとネネトの候補者としてマークされていた。浅黒い肌に黒髪、左右の瞳の色が異なる娘が生まれることは、しばしばではないが、それでもゴーフリーではまれにある。いま現在も、ネネト以外にふたりの少女が確認されている。マークされた少女は、生後すぐにその両親とともに保護され、一般社会から隔離される。安全をはかるためだ。古来よりのしきたりとしてそうなっている。もっとも、そんなことを必死でやっても、その少女がネネトの力を見せることはほとんどない。事実、百五十年以上、ネネトの力を発現させた者はいなかった。われわれ自身も、ネネトのことは単なる伝説ではないかと思いはじめていた」

「最初に見せた力はなんだ？」

ジョウが問うた。

「テレキネシスだ。とつぜん、いわゆるポルターガイスト現象がバーラのまわりで起きるようになった。また、全身の発光現象も目撃された。これらはネネトに関する口伝の内容と完全に一致する。制御されてない力の暴走状態と言っていい。われわれは即座にバーラを親もとから離し、その身をこの宮殿内に移した。きみたちはよく知っているはずだ。力ある者は、崇拝の対象となるのと同時に、憎悪の標的にもなる。悪意を秘めた意志から、われわれはネネトを守らなくてはいけない」

「血の絆があっても、排除されたりするのか？」

「いきなり人知を超えた力を持ったものが生まれてくるのだ。それも、きのうきょうのことではない。数百年前の出来事だ。当時の者にとってみれば、これほど得体の知れぬ存在はないだろう。口伝においても、悪魔が誕生したのではと恐れおののき、島民たちがあわてふためいた状況が詳細に語られている」

「その口伝に従って、いまでも隔離することになっているのね」

アルフィンが言った。

「そういうことだ。聖なる少女として認知されるようになっても、当初の衝撃は人の記憶に長く残る。それがゆえに、そのしきたりがつくられ、順守されてきた」

「で、とつぜんあらわれたネネト。それが、とんでもない波紋を呼んでしまったんだな」タロスが身を乗りだした。「ルキアノスのクーデターと出現が重なってしまったために」

巨漢のクラッシャーは、まっすぐにモロトフを見た。

「しかり。そのとおりだ」

モロトフはタロスの言を認めた。

場の空気が、少し重くなった。

5

「皇帝の座についたルキアノスは、ネネトを恐れた」

　モロトフの話がつづいている。

「せっかく政権を倒して皇帝の座についたのに、聖地に伝説の少女があらわれちまったんじゃ、恰好がつかないな」

　肩をすくめ、タロスが言った。

「しかも、ネネトはこの宗教国家にあって、信仰の中心となっている聖少女でしょ」アルフィンが言った。

「軍事力を背景に成りあがってきたにわか皇帝にはちょっと荷が重いわね。人心がどちらにつくかは、最初からはっきりしている」

「それと、ネネトの力も不気味だぜ」リッキーが割って入った。

「ゴーフリー全土にジョハルタってのが何人いるか知らないけど、ネネトの力は、そのジョハルタと一体化してでてくるんだろ」

「われらは、ネネトの力を使う。先ほど、ジョハルタが武器を手にしているのを見たはずだ」

　モロトフは右手を振った。門の方角を示した。

「あの武器はクォンという。テラの古代武器、メイスに似ているが、使い方は大きく異なっている。たしかに、接近戦などでスパイクを叩きつけることもあるが、基本的には離れた敵を倒すためにある。振りおろすときに不可視の力がほとばしり、その力で、相手を打つ。徹底的に破壊する」

「物騒だなあ」

リッキーが首を小刻みに振った。

「われわれも、あんなものは使いたくない。しかし、ルキアノスが戦いを挑んでくる以上、受けて立つほかはない。火器も戦闘車輛も持たぬわれわれとしては、あれだけが唯一の反撃の道具だ。あれだけで、誇りと独立とネネトの命を守っている」

「皇帝は、どういう要求をしてきたんだ？」

ジョウが訊いた。

「ネネトを引き渡せ。その一言だ」

モロトフは答えた。

ネネトの存在がゴーフリー全土に知れ渡ったのは、数か月前のことだった。

モロトフをはじめとするジョハルタたちが、彼女のことを必死で秘匿《ひとく》してきたが、その努力は水泡《すいほう》に帰した。ダイロンに入りこんでいた皇帝のスパイが、ネネト出現の報を首都に流した。

即座に皇帝が動いた。使者がダイロンにやってきた。武装した軍人である。総勢数十人の部隊であった。

ネネトを首都に差しだせという皇帝の命令を、ダイロンは拒絶した。

ルキアノスはダイロンの者ではない。血の盟約の精神を失った。

それが拒絶の理由だった。

そもそもネネトを保護するのは、権力者の務《つと》めではない。口伝では、ネネトの身を護るのは、ジョハルタだけとなっている。皇帝であろうと、大統領であろうと、首相であろうと、ネネトとは無縁だ。関わりを持つことは強く禁じられている。

皇帝は、拉致《らち》部隊をネネトに派遣した。それは歩兵総数五千人強という地上軍だった。

ダイロンは、すかさず反撃態勢をととのえた。皇帝の命令を拒否したときから、覚悟はできていた。ネネトの力がかれらとダイロンを守る。

迎撃とともに、ダイロンの最高神官であるモロトフは、ジョハルタのネットワークを使い、なぜ皇帝がネネトを渡せと要求するのか、その意図を探った。

皇帝は、ネネトの力を欲していた。

ネネトの遺伝子を入手し、その力を自身で独占することを画している。それがわかった。

邪悪な欲望だ。明らかにダイロンの民としての倫理を失っている。

こんなことを許してはいけない。

ダイロンと帝国は、全面戦争へと突入した。

「派遣軍と幾度となく戦闘をおこなった」モロトフは言う。「ダイロンは都市を結界し、防御態勢を完全に固めてから打ってでた。ジョハルタが敵軍をゲリラ戦に引きずりこみ、これをさんざんに蹴散《けち》らした。ネネトの力は絶大だった。敵の火器は完璧に封じられ、クォンは敵の重装歩兵を完膚《かんぷ》なきまでに打ちのめした」

「それで、皇帝は戦法を変えたんだな」

ジョウが言った。

「衛星軌道に攻撃専用ステーションを置き、そこからミサイルとビームの雨を降らせてきた」

「穴だらけになってる、あれだろ」

リッキーが言った。

「バリヤーみたいなものって、ネネトの力のことだったのね」

アルフィンがモロトフを見た。

「そうだ」モロトフは答えた。「ダイロン全体を覆うネネトの力が結界となり、あの猛爆のあらかたを弾き飛ばした。だが、百パーセントではなかった」

「肝腎要《かんじんかなめ》のネネトが傷を負ってしまうとはなあ」

タロスが腕を組んだ。

「ネネトが力の源であったことが、逆に仇《あだ》となった。ネネトが必死になればなるほど、彼女のまわりだけが力の空白地帯になっていく」

モロトフは目を伏せ、唇を噛んだ。本来、何があってもネネトを守らなくてはならない最高神官であるモロトフ。しかし、今回は、それができなかった。忸怩《じくじ》たる思いが、かれの裡《うち》で、激しく渦《うず》を巻いている。

「さっき、ドクターがすごく深刻なことを言ってたみたいなんだけど、頭部の負傷って、そんなにやばいのかい？」

リッキーが訊いた。

「もっとも軽微な状況を想定しても、ネネトの力に大きな影響がでることは間違いない」

「最悪の状況だと？」

つづけて、ジョウが問うた。

「ネネトの生命に関わってくる」

「ＥＳＰ波だな」

「…………」

モロトフの頰が、小さく跳ねた。

超能力者は、大脳前頭葉の一部からＥＳＰ波と呼ばれる微弱電波を発信している。周波数は個人差があり、一定していない。一八から一一三メガヘルツまでと帯域幅の広い電波だ。惑星ツアーンのタルボ大学で教授をつとめていたプロフェッサー・イトウはその電波に注目し、限定的ではあるが、エスパーの能力を封じることに成功した。そして、そのことが予期せぬ波紋を呼び、ジョウは銀河系征服の野望を抱いたクリスと再び戦うことになった。

「プロフェッサー・イトウの論文は、わたしも読んだ」モロトフが言葉をつづけた。「それで口伝の意味のいくつかがわかった。建物の屋根をドーム形にしたのも、口伝に拠《よ》っている。いにしえの人びとは経験と勘とで、ネネトの力を高める方法を悟っていたのだ。そして、頭部の負傷が、エスパーにとって致命的な障害となる可能性が大きいことも、われわれは知った」

「ふつうの人間に比べてってこと？」

「傷を受けて暴走したESP波が自分自身の脳細胞に対してテレキネシスを発動させたら、どうなると思う？」

モロトフはアルフィンに向かい、問いを返した。

「たいへんなことになるわ」

「頭が爆発しちゃうとか」

リッキーが横から言った。

「ありうるな」

「まじかよ！」

モロトフがあっさりと認めたので、軽い気持ちで茶々を入れたリッキーは、かえって驚いた。

「エスパーの研究は、あまり進んでいない」モロトフは、小さく肩をそびやかした。「ネネトの力に関しても、わからないことだらけだ。だから、われわれはネネトの被災を見てうろたえ、とまどう。彼女を助けようとして、あがく。ルキアノスのごとく、単純に未知の力を求めるだけなどということは絶対にできない」

「まずはなによりも、ネネトの治療を優先する。そういうことだな」

タロスが言った。

「先ほどドクター・ベッセルが述べたように、ダイロンの病院にある汎用の脳外科手術ロボットでは、この微妙な手術に対処できない。前例のない手術だ。ベテランの脳外科医が、自身の勘と手探りで、破片を取り除いていく以外に、ネネトを救う方法はない」

「手術中になんらかの刺激で、ネネトの力が暴走してしまうってことも考えられるわね」

「それ、ドクターも命懸けってことになるぜ」

アルフィンとリッキーが顔を見合わせ、言った。

「ドクター・ベッセルは、専門医ではない。手術ロボットの扱いについてはゴーフリーでもトップクラスのドクターだが、自身の手で手術をおこなった経験はほぼ皆無だ。まして や脳内手術となると……」

「お手あげでしょうね」

アルフィンがため息をついた。

「最悪、手術の影響でネネトがネネトでなくなっても、わたしはそれでかまわないと思う」モロトフは言を継いだ。

「そうなれば、ルキアノスもネネトに対する興味を失うだろう。軍事独裁政権を倒すための運動は、べつの形でつづける。それよりも、重要なのは、ネネトの命だ。望んだわけでもないのにネネトの力を発現させ、神のような存在にいきなり祭りあげられてしまった少女。彼女の生命をこれ以上、危険にさらすことはできない。五体健全な状態で、彼女を親もとに帰す。われわれには、それをおこなう義務がある」

「ネネトの力が残ったまま治療が成功しちゃったら、どうなるんだい？」

リッキーが訊いた。

「そのときは戦いを続行する。ネネトがネネトの力を有している限り、ルキアノスは彼女を狙う。その身をおのれのものにしようとする。この状況は、ネネトの意志では変わらない。好むと好まざるとにかかわらず、ネネトは皇帝と対決しなくてはならなくなる」

「…………」

言葉が途切れた。

しばし、沈黙の時が生じた。

6

「治療は、どうやってやるのかしら？」

短い間を置いてから、アルフィンが口をひらいた。小首をかしげ、モロトフに視線を向ける。

「銀河連合に、協力を仰いだ」モロトフは少しこわばっていた表情をやわらげ、答えた。「連合の付属機関である星間医療機構の病院船に出動を要請した」

「そりゃ、大ごとだ」

タロスが言った。

星間医療機構は銀河系で最大の医療研究機関である。傘下《さんか》に多くの病院を持ち、医療設備のととのっていない開発途上の植民星などに、病院船を派遣している。病院船には、最新の医療機器が置かれ、熟練したドクターも多数、乗り組んでいる。もちろん、長期の入院設備もある。

「たったひとりの患者のために、星間医療機構の病院船を呼んだんだ」

リッキーは目を丸くしている。

「非常事態だったのだ」モロトフはきっぱりと言いきった。「衛星軌道上から理不尽極まりない集中攻撃を受け、幼い少女が深い傷を負った。このいきさつをすべて、銀河連合に報告し、協力を求めた」

「通信管制は？　かけられていないのか？」

ジョウが訊いた。

「ダイロンは情報封鎖されている。だが、大陸全体が帝国軍による管制状態にあるわけではない。きみたちを迎えにいったように、ジョハルタはその力を使って城外にでることができる。また、われわれに力を貸してくれる人びとが、この星のどこにでもいる。ルキアノスは皇帝に即位し、ゴーフリーすべてを支配したつもりでいるが、実際はそうなっていない。国民の多くは息をひそめ、口をつぐみながらも、心の裡《うち》ではルキアノスの失脚を強く願っている。だから、銀河連合にも、アラミスにも連絡は可能だ。孤立はしていない」

「しかし、内容はどうです？」タロスが言った。「やりとりの中身は筒抜けになっていたような気がしますが」

「おそらく、そうだろう」モロトフはうなずいた。

「したがって、この仕事は、かなりの困難を伴う。ルキアノスはネネトが治療のためにゴーフリーから離れることを是としない。だが、ダイロンからでることは歓迎する。結界されたダイロンからネネトがでてくるのだ。やつにとって、これは千載一遇のチャンス以外の何ものでもない。ここぞとばかりに攻勢を仕掛け、ネネトの拉致《らち》、もしくは暗殺をはかるだろう」

「ネネトを殺しちゃうの？　拉致に失敗したら？」

「ルキアノスは、そういう男だ」モロトフはアルフィンの問いに答えた。

「自分の益になると判断すれば、人であろうと技術であろうと、徹底的に利用する。だが、そうでないと知ったときは、即座にそれらを排除する。ためらいはいっさいない」

「本物の冷徹な独裁者ですな」

ジョウに向かい、タロスが言った。他人事のような口調だ。

ジョウの目がモロトフを捉えた。瞳の光が、少し鋭くなっている。

「出発はいつだ？」

「は？」

「ネネトを連れて、俺たちはいつここを発《た》つ？　病院船がゴーフリーの星域外縁に到着する日時は標準時間で厳密に決められているはずだ。行くとなれば、それに完全に合わせなくてはならない」

「同行してくれるのか?」

「俺たちは、もう契約をすませた。詳細を知らぬままに受けた契約だが、受けた以上は遂行する。破棄するつもりはない」

「病院船とのコンタクトは……」モロトフは、テーブルの天板に目をやった。

「標準時間で百十二時間後に設定されている。出発準備はほとんどととのっていて、きみたちに異存がなければ、三時間後に出発が可能だ」

「飯を食って、ちょいと一服するくらいの時間はあるってことですな」

タロスが言った。

「部屋を用意している。シャワールームもある。そちらに移っていただこう」

「ネネトはどうするんだい?」

あごをしゃくり、リッキーが訊いた。ネネトと呼ばれる少女は、まだソファに横たわって、深く寝入っている。

「お休みになったままの旅立ちになる」モロトフは、少女の黒髪をやさしく撫でた。

「それがいちばんいい選択だ」

つぶやくように、言った。

ジョウ、タロス、リッキーは、三人で一部屋に入った。一部屋といっても、ホテルでいえばスイートルームクラスの貴賓室だ。次の間や浴室もある。寝室は相当に広い。アルフィンだけは別室になった。

シャワーを浴びて食事をし、仮眠をとった。ドクターが薬を処方してくれた。三十分ほどの睡眠で数時間分の効果がある。交替で寝た。この宮殿は安全だ。と、モロトフが言った。しかし、ジョウもタロスも、それをそのまま信じることはできない。強い結界が張られている宮殿内では、敵意を隠すことができないのでスパイが入りこむのは不可能になっているというモロトフの言葉には、それなりの説得力があったが、現実に衛星軌道上からの攻撃で宮殿内にいたネネトが負傷している。気を許し、無防備に眠りこむわけにはいかなかった。

最初にジョウとタロスがベッドで休んだ。その後、リッキーがひとりで寝室に入った。

ジョウとタロスが起きたところで、モロトフが貴賓室のリビングルームにやってきた。そのようにしてくれと、申し入れてあった。

出立前の最終打ち合わせをした。

「どうやって行く？」

ジョウが訊いた。

「地上装甲車が一輛、ある」モロトフは答えた。

「帝国軍からの鹵獲《ろかく》車輛だ。エネルギーパックやミサイルがないので、大型火器はほとんど使えないが、車体は無傷だ。装甲も戦車並みに厚い」

「それに誰が乗ります？」

タロスが言った。

「ネネトとその従者だ。操縦と護衛は、そちらにお願いする」

「ふむ」

タロスは鼻を鳴らし、横目でジョウを見た。これを決めるのは、チームリーダーの役目だ。

「タロスとリッキーでどうだろう」ジョウが言った。

「俺とアルフィンがガレオンに乗る。鹵獲車輛に武装がないとなれば、四六時中、ガレオンでその周囲を監視しなくてはならない。その役割を俺たちが担おう」

「うれしい判断ですな」タロスがにっと笑った。

「裸の装甲車で敵軍の猛攻をしのぐなんてしゃれたマネができるのは、このタロスくらいのもんでさあ」

「ジョハルタはどうする？」

ジョウがモロトフに向き直った。

「もちろん、動く」モロトフは、きっぱりと答えた。

「わたしが指揮をとり、つかず離れず、二輛の装甲車輛を追う」

「隠密行動というやつですか」

「帝国軍に存在を悟られないようにする。それが第一だ。ただし――」

　モロトフの言葉が途切れた。

「ただし？」

「まとまった人数を充《あ》てることができない」

「…………」

「城外にでたあとのとりあえずの目的地は、きみたちの船だ。〈ミネルバ〉だったかな。あれでゴーフリーの星域から離脱し、公海上で病院船との接触をはかる」

「…………」

「いま、ジョハルタのほとんどが、〈ミネルバ〉に張りついている。その力で船を結界し、地上及び衛星軌道上からの攻撃を阻止するためだ」

「クラッシャーがネネトをダイロンから連れだすまでは歓迎するが、彼女が宇宙船に乗ることについては容認できない」

「そういうことだな」モロトフはあごを引いた。

「だから、多くの民をあの原野に派遣した。ドームのない、ああいった場所では、ネネトの力も相当に減衰する。人数で補わなければ、宇宙船一隻の結界は不可能だ」

「無事ですかい？〈ミネルバ〉は」

タロスが訊いた。

「最新の報告では、無事だ。予想どおり激しい攻撃を浴びているが、ミサイル一発、ビームの一条も、船体に届いていない」

「なんか、すさまじい状況が目に浮かぶぜ」

タロスが言った。

「詳しい人数は、きみたちにも教えることができない」モロトフは言葉をつづけた。「われわれは全力を尽くす。いま言えるのは、それだけだ」

言葉の途中で、モロトフの右眉が小さく跳ねた。

「？」

ジョウとタロスは、互いに顔を見合わせた。何が起きたのかが、よくわからない。

モロトフは目を閉じ、こうべをわずかに垂れた。

ややあって、おもてをあげ、目をひらく。

「装甲車輛の準備が完了した」ふたりのクラッシャーに向かい、言った。

「いつでも出発できる」

「ネネトの力か？」

ジョウが訊いた。

「ごく弱いテレパシーだ。短い単語が脳裏に浮かぶ。民同士では、その程度のやりとりしかできない」

モロトフは、さらりと答えた。

「びっくりしたよお」

とつぜん、頓狂な声がリビングに響いた。リッキーだ。寝室からでてきて、しきりにまぶたをこすっている。

「いきなりベルが鳴りだすんだもん」

タロスが目覚し時計をこっそりと仕掛けておいた。それが、絶妙のタイミングで動作したらしい。

「顔を洗え」ジョウが言った。

「仕事がはじまるぞ」

7

陽が落ちていた。

灯火管制をしているのだろう。ダイロンの街路は闇に包まれ、人通りがほとんどない。

イオノクラフトで、城門脇のガレージに移動した。迷路の案内役を若い男がつとめた。

モロトフはこない。あとで、ネネトとともにガレージで合流することになっている。

ガレージは思ったよりも広かった。航空機の格納庫にも流用できるサイズだ。ドーム形の天井も高い。

そのガレージの奥隅に、二輛の地上装甲車がうっそりと置かれていた。一輛はガレオンで、もう一輛は帝国軍からの戦利品だ。

イオノクラフトでやってきた四人のクラッシャーを、数人のメカニックが出迎えた。いずれも他のダイロンの住人と同じく、白い布を全身に巻きつけている。顔も半分ほどが布で覆われ、年齢が判然としない。

そのメカニックのひとりが、ジョウの前に立った。

「チーフのゾガットだ」しわがれた声で名乗る。

「ガレオンはすごくいい車輛だ。こんなすごいのをいじったのははじめてだよ。最高の経験になった。礼を言いたい」

ゾガットはジョウの手を握った。声の感じと全体の雰囲気で、五十代後半あたりではないかと思われる。タロスとほぼ同世代だ。

「こちらこそ、整備をしてもらって感謝する。いい仕事をするから、期待していてくれ」

ジョウもゾガットの手を強く握り返した。

「これが帝国軍の地上装甲車かい」

リッキーが言った。ガレオンの横に並ぶ車輛を指差している。

「ああ」ゾガットは振り返り、うなずいた。

「一応、ケデメルというコードネームがついている。ネネトの忠実なしもべとされている海獣の名だ。むろん、実在の生物ではない。伝説の中にでてくるだけだ」

「ケデメルか」側面の装甲プレートをタロスが拳《こぶし》でこつこつと叩いた。

「いい名だな。車体は量産品だが、頑丈にできている。これなら、かなり激しい攻撃にも、けっこう耐えられる」

「車内にはドーム加工を施した」ゾガットが言う。

「この中にネネトとジョハルタが入れば、ネネトの力が増幅され、車輛全体がバリヤーで覆われる」

「そいつぁ、すごい」

「お待たせした」

声が響いた。

モロトフの声だった。

扉がひらき、そこから数人の男女がガレージへと入ってきた。先頭に立っているのが、モロトフだ。その背後にドクター・ベッセルの押すホバーベッドがつづく。ホバーベッドにはネネトが横たわり、その横に女性がひとり、控えている。これがネネトに同行する従者だろう。少女の身のまわりの世話をするとなると、男性というわけにはいかない。侍女になるのは、当然のことである。

「紹介する」クラッシャーたちの正面に至り、モロトフが言った。

「ミッサだ。ネネトに付き従い、彼女の面倒のすべてをみる」

「よろしくお願いします」

顔を覆っていた白布をとり、ミッサが頭を下げた。三十代後半といったところだろうか。黒髪で肌が浅黒い。少しふくよかで、笑顔が明るく、黒い瞳に強い光を宿している。

「ミッサも、ジョハルタか？」

ジョウが訊いた。

「もちろんだ」

「ネネトは、ずうっと眠ったままになるのかい？」

リッキーはホバーベッドを覗きこんでいた。顔の半分に包帯を巻かれた少女が、仰向けになって目を閉じている。

「それは無理です」ベッセルがかぶりを振った。

「眠ったままでは何かあったときに動きがとれなくなる。投入した薬剤の量から見て、二時間以内に目が覚めるものと思われます」

「二時間か」タロスが言った。「楽しい夢を見ていてくれるといいのだが」

「本来なら、わたしが同行すべきところです」ベッセルは言葉をつづけた。「しかし、ダイロンにはわたしひとりしか医者がいない。医療ロボットの数は人口に見合っているが、わたし以外に管理する者がいないのです」

「あたくしが、がんばります」ミッサが口をひらいた。ドクターに向かって、言った。「ネネトは何があってもお守りします」

「まあ、そう気を張らないように」ふたりのあいだに、タロスが入った。「いまからシャカリキになっていたら、すぐに息切れする。ドクターがいなければいないで、なんとかするのがクラッシャーの仕事だ。ここから先は、俺たちにまかせてくれ」

「出発は、いつでもいいのか？」

モロトフに視線を向け、ジョウが言った。ジョウはガレオンの搭乗ハッチをすでにひらいている。

「大丈夫だ」モロトフが答えた。

「すでに、ジョハルタは配置についている。言ってくれれば、すぐに開門する」

「じゃあ、ネネトをケデメルの中に入れよう」タロスはあごをしゃくった。

「彼女が最優先だ。いちばん安全そうな席に着かせる」

「あんたは網膜パターン登録をやってくれ」ゾガットがタロスに言った。

「あんた以外に動かせないようにする」

「了解」

タロスとゾガットが、操縦席側のハッチをあけた。その間にドクターとモロトフがネネトをホバーベッドから降ろし、彼女をケデメルの車内へと運びこんだ。ジョウとアルフィンも、ガレオンに乗る。エンジンに火を入れた。ガレージ内に轟音が響き渡った。

先に動きだしたのは、ケデメルのほうだった。ゆっくりと前進を開始した。

「聞こえますか？　ジョウ」

ガレオンのコクピットに、タロスの声が流れた。指向性の高い、近距離用のレーザー音声通信だ。強力なジャミングがかかっていても、見通しさえよければ交信可能だ。一キロくらいは十分に届く。

「問題ない」ジョウは応えた。

「鮮明に受信できる」

「では、予定どおり行きます。護衛、期待していますぜ」

「兄貴はタロスと違って、しっかりしてるからね」

横からリッキーの声が入った。その声に、ごつんという鈍い音が重なった。

「なにすんだ！」

「うるせー」

通信が切れた。

「やれやれ」

ジョウはため息をついた。

ケデメルがガレージからでる。数メートルの距離を置き、ガレオンがつづく。しばらく走ると、広場と城門が見えてきた。金属扉はまだひらいてない。閉じられたままだ。

ケデメルは広場を突っきった。門に向かって突進していく。速度は四十キロ前後。ゆるめる様子はない。

車体がぶつかる寸前。

金属扉が横にスライドした。すうっとひらいた。

一気にケデメルとガレオンが通過する。城門をくぐりぬけ、原野へと飛びだす。

「四方を監視」アルフィンに向かい、ジョウが言った。

「すべてのセンサーをオンにしろ」

最初の危機は、城外にでた瞬間だ。

打ち合わせをしたとき、モロトフがそう言った。

ダイロンには、皇帝のスパイが多数ひそんでいる。かれらは諜報《ちょうほう》だけでなく、破壊工作のプロでもある。

ネネトがダイロンから離れたら、かれらはもう城内に留まる理由がない。となれば、ネネトと一緒に外にでて、襲撃をおこなう可能性がある。要するに、不意打ち狙いだ。旅立ちの瞬間に攻撃する。敵からみれば、これは、かなり効果的な作戦ではないだろうか。

たしかに、とジョウは答えた。いわゆる出鼻をくじくというやつだ。いかに慎重であろうとしても、門をでたとたんに一撃をくらうとまでは、まず予想しない。

徹底的に油断を排する。

地上装甲車に乗った時点から戦闘開始と心得る。

四人で、そう申し合わせた。

緊張が車内にみなぎる。

ケデメルが速度をあげた。予定巡航速度は、平地で時速六十キロである。

見る間に城壁が遠ざかっていく。ケデメルとガレオンとの距離が、百メートル以上離れた。護衛をするとなると、これくらいの車間が常に必要だ。

爆撃痕のクレーターをかわしつつ、二輌の地上装甲車が荒地を疾駆《しっく》する。いまめざしているのは、ダイロンを囲む外輪山だ。外輪山を越えるまで、身を隠す渓谷や崖は存在しない。

「熱源反応！」

とつぜん、アルフィンが叫んだ。コクピットに赤いライトが灯った。警告音が鳴る。

反射的に、ジョウが動いた。操縦をオートに切り換え、二本のトリガーレバーを起こした。火器管制システムが自動起動した。スクリーンに熱源映像が映る。

この攻撃は。

ロケット弾だ。

予想が的中した。

ジョウは即断する。迎撃だ。

トリガーボタンを押した。ガレオンのレーザー砲がビームを射出する。パルス状に、鋭い光条がほとばしった。強力なエネルギーが扇形に広がり、闇を切り裂いていく。

光が炸裂《さくれつ》した。

巨大な火球が、ケデメルの真上で丸く広がった。

衝撃波が、大地を揺るがした。

8

「はじまったぜ」

タロスが言った。他人事のような口調だ。その一言で、リッキーは全身をこわばらせた。ケデメルが搭載している火器は、小型のレーザーガンだけだ。低出力の対人兵器で、これだけがハンドガンのエネルギーパックを流用することができる。そのおかげで、鹵《ろ》獲《かく》後も使用が可能になった。他の火器は、射ちだすためのミサイルやロケット弾が存在しない。弾倉が空《から》になっていた。

そのレーザーガンのトリガーレバーをリッキーは握りしめている。コクピット内は、熱源反応を捉えたことによる警報がけたたましく鳴り響き、ひどくかまびすしい。

ふいに白光がサブスクリーンを覆った。直後に、強い衝撃がケデメルを襲った。

車体が揺れる。シートが上下に振動する。

たまらず、リッキーは悲鳴をあげた。

「ロケット弾だ」うなるようにタロスが言った。

「ジョウが撃ち落とした。こっちはただ逃げるだけになるが、俺は全力を尽くす。おまえもびいびい騒ぐな」

「騒いでなんか、いねーよ!」

リッキーはタロスを睨み、言い返した。全身はこわばったままだが、言葉がもつれるほどではない。ただし、形相は必死だ。目が吊りあがっている。

「いいから、黙って画面を見てな」タロスはちらっと横を振り向き、にやりと笑った。

「こいつは最高のショーになるぞ」

「…………」

リッキーは口をつぐんだ。これは反論などできない。タロスは本気だ。本気で操縦技術だけで、この事態を乗りきろうとしている。

メインスクリーンをタロスは凝視した。そこには、ケデメルを取り巻く状況のさまざまなデータが表示されている。闇の中でも、周囲の様子は手にとるようにわかる。いまのタロスには、敵の動きも、地面のクレーターも、頭上から降ってくるミサイルも、そのすべてが完全に見えている。

エンジン音が高くなった。

ケデメルが加速する。スピードが一気にあがっていく。

また、熱源を捉えた。今度は発射位置がわかった。右手前方だ。距離は二千メートル以上。ロケット弾ではない。

「ミサイルだな」

タロスがつぶやいた。依然として、他人事のように言っている。口もとに薄い笑みも浮かべている。だが、操縦レバーを握る力は、常になく強い。

「頼みますぜ。ジョウ」

レバーを倒した。すさまじい横Gが生じた。高速度での急旋回だ。加速は減じない。逆に増している。

ミサイルが爆発した。またジョウが撃ち落とした。夜空で、火球が花火のように丸く広がっている。

衝撃波がきた。強烈な圧力がケデメルの外鈑《がいはん》を叩いた。それが耳をつんざく轟音となって、車内で反響《こだま》した。

「大丈夫かい？」

リッキーが耳を両手で押さえ、背後を振り返った。バックレストの脇から上体を突きだし、後部のシートを覗きこむように見る。

後部シートには、ミッサとネネトがいた。ネネトはリクライニングさせたシートで仰向けになり、眠っている。その横にすわるミッサは、ネネトの上にかぶさるようにして、彼女を守っている。

「問題ありません」

リッキーの問いかけに、おもてをあげて、ミッサが答えた。声が固い。

あらたな横Gがくる。

「うわっ」

上体をひねっていたリッキーがバランスを崩し、うろたえた。ミッサはシートの端をつかみ、その猛々《たけだけ》しい力に必死で耐える。顔が苦痛で歪んだ。

「そやっ！」

「でいっ！」

タロスが気合を発するようになった。顔つきが険しい。リッキーにして、こんなタロスを見るのははじめてである。いつもは、もっと余裕の表情でガレオンや〈ミネルバ〉を操っている。

ふいに、突きあげるようなショックがきた。スクリーンが真っ白になる。高熱の塊が、ケデメルを包んだ。数百度のガスが、車体をなぶっていく。

至近弾だ。後方三十メートルほどの位置に、小型ミサイルが落ちた。これは、ガレオンが迎撃しそこなった一弾である。数十基のペンシルミサイルを、敵は雨のように降らせてきた。破壊力は劣るが、命中率が高い。ビームに撃ち落とされる確率も低く、当たれば、装甲にもそれなりのダメージが残る。

しかし。

ミサイルはそれた。不可視の壁に弾かれ、ケデメルの後方へと大きく跳ね飛んだ。

これは？

力か。

タロスは状況を察した。

ケデメルはガレオンだけが守っているわけではない。それに乗るネネトとジョハルタが、その力で車体全体を強力に防御している。力は目に見えぬバリヤーとなり、敵の攻撃を確実に無力化する。

これなら、ただ逃げまわる必要はない。

タロスの表情に、また余裕が戻った。

「行くぞ」

低い声で、言った。

「なんだって？」

リッキーはきょとんとなった。その意味がすぐに理解できない。

「やられっぱなしはごめんだ」タロスはつづけた。

「相手の位置はわかっている。こっちから挨拶《あいさつ》に行く」

「な、なにい？」

リッキーは目を剝いた。ろくな火器もないのに、敵のもとに突っこんでいくと、タロスは言う。信じられない。

「いちいち驚くな」タロスは横目でリッキーを見た。

「ケデメルには、もれなくガレオンがついてくる。行けば、ガレオンが始末をつけてくれる。ケデメルはある程度まで、自力で自分を守れるようになっているんだ。だから、やつらの標的であるこっちは、ひたすら走って、相手を攪乱《かくらん》する。そうすれば、敵の包囲網はずたずたになる。やたらと走りまわるというのは、いまやっていることと同じだが、逃げるのと、攻撃するのとでは、話が違う。気分も違う。やるなら、爽快《そうかい》にやる。これが俺の方針だ」

「そんな方針、初耳だよ」

「初耳でも、なんでもいい」タロスは小さく鼻を鳴らした。「まじに最高のショーを演出してやるぜ」

ケデメルが疾駆する。

時速は百キロに達した。

まさしく、飛ぶように走る。

二キロの距離があっという間に詰まった。

ゆるやかな斜面を登る。低い丘のような場所に敵が陣取っている。ひそんでいるのは、丘の上にある爆撃痕のくぼみの中だ。戦法としては、極めて無謀である。敵の意図がどこにあるのかが判然としない。しないが、タロスは、かまわず突っこんでいく。

ガレオンが、ケデメルの左横にまわりこんできた。どうやら、タロスの決断の意味を察知したらしい。となれば、ケデメルを守る位置ではなく、敵を攻撃する位置に移らなければならない。

ミサイルがくる。ロケット弾も飛来する。それをケデメルがジグザグに動いてかわす。かわせないときは、真正面から受ける。ネネトの力が、すべての攻撃を封じた。弾頭は、そのことごとくが四方に散った。

ケデメルが丘を登りきった。数秒遅れて、ガレオンも丘のいただきに到達する。

いきなり、攻撃が熄《や》んだ。

闇と静寂が戻った。

ケデメルが進む。ガレオンも前進をつづける。

「逃げだしたんだ」

リッキーが言った。スクリーンを指差している。

スクリーンには人の姿が映っていた。熱源映像なので、人間の輪郭が白く光っている。

クレーターから数十人の白い人影が飛びだし、その場から走り去ろうとしている。

「ちっ」

タロスが舌打ちした。まさか逃げだすとは思っていなかった。できれば追いかけて、完全に武装解除してしまいたいが、それは今回の仕事ではない。襲われたら、応戦する。そうでなければ、無視して、ネネトの移送と護衛に徹する。優先されるのは、常に任務だ。

「山猫です」

通信が入った。

「ケデメルだ」

タロスが呼びかけに応えた。山猫はケデメル警護についたジョハルタのコードネームである。出発するときにそれを決めた。この山猫の声は、モロトフのそれではない。

「敵は、われわれが始末します」山猫は言った。

「帝国軍は、こちらの戦力を確認しようとしています。この攻撃は、そのためのものです。衛星経由で、この様子をモニターしているのでしょう。ガレオンともども、すぐにここから離れてください」

「了解。先を急ぐ」

タロスは通信を切った。

「リッキー」

首をめぐらした。

「なんだい？」

「ショーは延期だ。わりーな」

「なに？　どうなってるの？」

甲高い声が、ふたりの背後で響いた。語尾のはっきりしない、起きぬけの声だった。

「え？」

タロスとリッキーがバックレストごしに、うしろを振り返った。

顔の半分を包帯で覆った少女が、上体を起こしていた。とろんとしたまなざしが、ふたりのクラッシャーをぼんやりと見つめている。

「ここ、どこ？」

ぼそっと訊いた。

第三章 谷底の罠

1

ネネトが目を覚ました。

話が違う。

こんなに早く起きるはずではなかった。

予想外の事態に、タロスとリッキーは言葉を失い、ただ互いに顔を見合わせている。

「なんか、狭い」

ネネトが左右を見まわした。瞳が、大きくひらいた。完全に覚醒した。

「気を鎮《しず》めてください。ネネト」

ミッサが言った。クラッシャーのふたりほどではないが、ミッサも少しうろたえている。

「心地よく寝ていたのにい」唇を尖《とが》らし、ネネトが言を継いだ。「ががた揺さぶるから、いやな夢見ちゃったじゃない」

口調は、あいかわらず蓮っ葉である。

「悪夢で起きたのかよ」

リッキーが言った。

「樽《たる》に放りこまれて、砂利《じゃり》と一緒におっきな棒でぐるぐるかきまぜられる夢だった」

「それ、すごくいやだな」

「で、早く教えてよ」ネネトはリッキーを睨《にら》んだ。

「あたし、いまどこにいるの？　なんで、こんなとこで寝てたの？」

「お医者さまのもとに向かっているのです」ミッサが説明した。

「ここは、地上装甲車の中です」

「地上装甲車？」

「頑丈な車です」

「いくら頑丈でも、むちゃな走り方したら、乗っている人のからだがおかしくなるでしょ」

「悪かったな」

後部シートに背を向けたまま、タロスが言った。声にむすっとした響きがある。

「ドクター・ベッセルは、どこ？」

タロスの反応などまるで気にすることなく、ネネトは質問をつづけた。

「いないよ」リッキーが答えた。

「これに乗っているのは、この四人だけ。四人で定員いっぱいになるんだ」

「あんた、どっかで見たことあるわ」

ネネトの青い瞳がリッキーを凝視する。

「宮殿の中で会っただろ。俺《おい》らたちがモロトフさんを待っていたら、いきなりそっちが部屋に入ってきた」

「そうだ。あのときの子だ」ネネトは大きくうなずいた。

「あそぼーって言ったら、モロトフに止められて……あとはよく覚えていない。眠っちゃったのかな」

「ああ」リッキーは小さくあごを引いた。

「ソファにすわったと思ったら、もう眠りこんでいた」

ドクター・ベッセルに無針注射を打たれたのだが、さすがに本当のことは言えない。

「だったら、ここで遊ぼう！」

ネネトが腰を浮かせた。シートの上で立ちあがろうとした。

「いけません」あわててミッサが制した。

「着くまでじっとしていてください。装甲車の車内で遊ぶなんて、無理です」

「そんなの、つまんない」

「つまらなくても、だめです」

「ちえっ」

ふてくされ、膝をかかえて、ネネトはシートにすわりこんだ。

「やれやれ」

タロスが声をひそめ、ため息をついた。〈ミネルバ〉からダイロンまで、時速四キロで進んで、丸二昼夜かかった。今度は平均時速六十キロ以上で走る。衛星軌道上からの攻撃を避けるため、かなり遠回りの経路をたどることになっているが、それでも、順調に行けば四、五時間で〈ミネルバ〉に着くはずだ。そのうちの二時間を眠って過ごしてくれれば、クラッシャーはそれなりに楽ができる。少なくとも、子供の世話に気を遣《つか》わなくてすむ。

だが、その目論見《もくろみ》は、あっさりとついえた。力の入ったタロスによる鮮やかな攻撃回避行動が、仇《あだ》になった。激しい横Gがネネトの熟睡を妨げ、予定よりも早く目を覚まさせてしまった。

丘を下り、ケデメルは本来のコースへと戻った。

外輪山を越え、平原にでた。そこから転針し、進路を北方向にとる。懸念《けねん》していた衛星軌道上からの攻撃はない。皇帝はネネトを殺してもよいと思っているが、それは何をしても彼女の身柄と力を手に入れることができないとわかったときだ。有無を言わさず、ケデメルごとネネトを地上から消し去るのは、最後の最後の手段であろう。

渓谷に入った。

深い谷である。急斜面を降りた。標高差は千五百メートル以上に及ぶ。左右に切り立った崖が張りだし、谷底の幅は、わずかに二百メートルほどしかない。

「軍事衛星の攻撃よりも、戦闘機による空襲のほうが剣呑《けんのん》だ」出発前に、モロトフがそう言った。

「ピンポイントでキャタピラを狙われる。身動きがとれなくなったら、いかに防備を固めていても、意味がない。拉致《らち》を免れたとしても、ネネトを病院船に送り届けられなかったら、われらの敗北だ。むろん、ネネトの生死にもかかわってくる」

重要なのは、ルートだった。航空機が入りこみにくい場所。ダイロンにきたときのように、平原の真ん中を突っきっていくことなど、論外である。

そこで選ばれたのが、この渓谷をたどるルートだった。むろん、ここもしもべの道のひとつだ。ジョハルタが支配するルートがいくつかある。それがしもべの道だ。ここを通らぬ者は、ジョハルタにとって敵となる。しもべの道から外れて移動する者を、ジョハルタは襲撃する。

例外は、ない。

渓谷ルートは、深い谷の底を行く。幸いなことに、いまの季節は水がない。涸谷《かれだに》になっている。谷の幅が狭いので、航空機の進入がむずかしい。うかつに反転したら、それだけで崖に激突する。言うまでもなく、百パーセントの安全は確保されないが、上空から大々的な攻撃を受ける可能性は大幅に減じることができる。また、防衛という点でも、相当に有利だ。とくに、対空砲火がやりやすくなる。〈ミネルバ〉までの距離が長くなったが、これは速度をあげることで補えばいい。ダイロンに入るのに丸二昼夜もかけたのは、クラッシャー四人の高度馴化《じゅんか》のためである。それも五十時間以上が経過して、完全に終わった。酸素カプセルさえ定期的に服用していれば、低地とまったく同じレベルで自在に動ける。

干上《ひあ》がった谷底を、二輛の地上装甲車が音高く進んだ。

闇の中、光はいっさいない。星明かりも、ここまでは届かず、ガレオンもケデメルも灯火管制状態を保っている。小さなランプひとつ、灯してはいない。

「退屈だあ」足をばたばた上下させ、ネネトが言った。

「何も起きないし、みんな何もしゃべらない」

「あと少しの辛抱《しんぼう》です」ミッサが言った。

「宇宙船に着けば、それに乗って宇宙にでていくことができます」

「宇宙？」

「空の上です。高い高い、お星さまのいるところ」

「嘘《うそ》だ。そんなとこに行けるわけない！」

「嘘じゃないよ」リッキーが言った。また、上体を大きくひねって、バックレストから首を突きだしている。

「俺らたちは宇宙を横切って、ここまでやってきたんだ。宇宙には誰でも行ける。もちろん、ネネトも簡単に行ける」

「あたし、宇宙なんか、行きたくない。宇宙船の中もここと同じで退屈なんでしょ」

「そんなこと、ないよ」

「どーだかね」ネネトは、ぷいとそっぽを向いた。

「みんな、あたしには本当のことを言わないんだ。ダイロンにきたときも、すぐに帰れる、じきにおとうさんやおかあさんと一緒に住めるようになるって言われていたんだけど、そんなの嘘っぱちだった。あたしは何年も、あの宮殿に閉じこめられるようになった」

「それは、皇帝がネネトを狙うようになったからです」

「皇帝なんか、どーでもいい！」ネネトの声が高くなった。

「あたしはもう誰の言うことも信じられないの。きょうだって、眠っているうちにこんなところに押しこめられてしまった。目が覚めたら、宇宙に行くって言われる。何よ、それ。そんなの、あたし望んだことない！」

「ネネト、落ち着きなさい。ネネト」

ミッサがなだめた。肩に手を置き、必死で声をかけた。

「リッキー」

タロスが口をひらいた。

「なんだよ。いま、とりこみ中だぞ」

「事情はわかるが、それどころじゃなくなりそうだ」例によって他人事口調で、タロスはつづけた。

「熱源反応がでている」

「熱源反応？」

リッキーのからだが硬直した。

無人の渓谷。こんな谷底で熱源反応を捉えた。

それが意味することは。

ただひとつ。

あらたな敵襲だ。

「見ろ」タロスはスクリーンに向かい、あごをしゃくった。

「今度は本物だ」

リッキーはスクリーンに視線を据えた。

赤い。

左右に聳《そび》え立つ崖のそこかしこが赤い。明らかにそこに何かがある。温度は三十度から四十度。ほぼ体温だ。しかし、それにしては形状がいびつである。多くの熱源が人間の輪郭を持っていない。一辺が数メートルに及ぶ巨大な赤斑《せきはん》もいくつか点在する。

「あの中途半端な攻撃は、このための布石だったんだな」タロスの目が、すうっと細くなった。

「どうやら、ルートは完全に見抜かれていたらしい」

「どうするんだい？」

リッキーがタロスを見た。

「決まっている」タロスは薄く笑った。

「ぶち破って、〈ミネルバ〉に行く。それだけだ」

2

ケデメルが進む。そのうしろに、ガレオンがつづく。速度は五十キロ弱だ。少し落とした。

「ちっ」

タロスが短く舌を打った。

あらたな熱源反応が出現した。

真正面だ。ケデメルの行手をさえぎるかのように、熱源が存在している。輪郭は人間のそれ。動いている様子はない。渓谷の中央に、すっくと立っている。

タロスはさらに速度をゆるめた。ケデメルが急減速する。一気に三十キロを切った。

「タロス」

通信がきた。ジョウからだ。

「自殺志願者がいますぜ」タロスが言った。

「どうします？」

「直前で停止しろ。相手の意図を探る」

「崖の連中が、停まった瞬間に撃ってくるんじゃないんですか？」

「あいつらは、すでに標的として照準をロックした。いつでも応戦できる」

「わかりました」タロスはひとり、小さくうなずいた。

「いったん停まって、相手のツラを確認します」

スクリーンの中で、白く輝くヒト型の熱源映像が大きくなった。横に彼我《ひが》の距離が表示される。

熱源の三十メートル手前で、ケデメルは停止した。ガレオンがすうっと左横に並んだ。

タロスはスクリーンの映像を熱源から赤外線に切り換えた。光源がまったくないので、超高感度映像は使えない。

青白い画面に、男の顔がぼんやりと浮かんだ。モノトーンだが、造作も表情もよくわかる。

若い男だった。年齢は判然としないが、二十代の前半だろう。髪が短く、眼光が鋭い。一目で、軍人と知れる。それも、はえぬきの戦闘員だ。命令に従い、なんら感情を見せることなく敵を殲滅《せんめつ》できる。そういうたぐいの、もっとも危険な兵士だ。全身から、すさまじいまでの殺気を燃えあがる炎のように放っている。

「驚いたな」タロスが言った。

「本当に、生身の兵士だ。てっきり機甲部隊が押し寄せてくると思っていたんだが、あっさりと外れちまった。まさか、こいつ、ジョハルタじゃねえだろうな」

「違います」ミッサが言った。

「仲間に、こんな男はいません」

「でかいよ。こいつ」

リッキーがスクリーンを指差した。

映像を少しズームさせる。男の全身を画面の中に入れる。身長は二メートル三十センチ超。巨漢のタロスをはるかにしのぐ。肩幅や胸の厚みも、尋常《じんじょう》ではない。

「この男、俺と同じ匂いがする」

うなるように、タロスが言った。

「そうだね」いきなり、ネネトが前席に身を乗りだしてきた。

「こいつ、ふつうの人間じゃないね」

「そんなこと、わかるんだ」

首をめぐらし、リッキーが言った。右手すぐうしろに、ネネトの顔がある。

「わかるよ」ネネトの青い瞳がきらりと光った。

「あたしには、いろんなものが見えるから」

そして、ネネトはさらに上体を前に向かって突きだした。

「おじさん、サイボーグだろ」

タロスの顔を覗《のぞ》きこむように見る。

「お、おじさん……」

タロスは絶句した。

「左腕に武器を仕込んでいる」ネネトは言葉をつづけた。

「マシンガンだ。かっこいいじゃん」

「…………」

タロスはネネトに目を向けた。

「まいったな」首を二、三度振り、肩をすくめた。

「皇帝がおまえの力をほしがるはずだ」

「それで、あいつは？」あごをしゃくり、リッキーが訊いた。

「ふつうの人間じゃないってことは、あの男もサイボーグなのかい？」

「そう」ネネトは強くあごを引いた。

「あいつは、全身が武器の塊《かたまり》になっている。そっちのおじさんなんか、めじゃない。ものすごく危険なやつ。でも、細かいところはまだだめ。距離がありすぎる。もうちょっと近づかないと、よく見えない」

「そんなにやばいのかよ。あいつ」

リッキーの頬がぴくりと跳ねた。

「心がないんだ」また、ネネトの瞳が宝石のように燦《きらめ》いた。

「あるのは、憎悪と殺意だけ。というか、それしかない」

「一種の化物だな」タロスが言った。

「人間の姿を借りた殺人兵器だ。……どうします？　ジョウ」

「相手にするな」ジョウの声が通信機から流れた。

「俺たちが、そいつを食い止める。おまえは、先に行け。行って、ネネトを病院船に送り届けろ。おまえたち四人が〈ミネルバ〉に乗り組む。最優先事項はそれだ」

「〈ミネルバ〉、無事かなあ」

リッキーがぼそりと言った。

「行けば、わかる」

タロスが操縦レバーを握り直した。ジョウの言うとおりだ。いま、ここで時間を浪費することはできない。

スクリーンに視線を戻した。男の双眸が、ケデメルをまっすぐに見据えている。

タロスの背すじがかすかにざわついた。

「なんだってんだ」

タロスはつぶやいた。久しぶりに味わう感覚だ。ここ二十数年、タロスの肉体が、こんな反応を示したことはない。駆けだしのころならいざ知らず、これだけ場数を踏んで、まだ肌が粟立《あわだ》つようなことがあるとは、毫《ごう》も思わなかった。

どいてもらうぜ。

タロスはケデメルを再スタートさせた。

加速する。エンジンを一気に全開へともっていく。

三十メートルの距離を詰めるのは、一瞬だった。

逃げないのなら、轢《ひ》き殺す。そういう決意で、タロスは地上装甲車を走らせた。ここは気魄《きはく》の勝負である。臆《おく》したら、負けだ。生身の男、たったひとりに進路を阻まれ、ほんの数分であったが、前進を止められた。ここから先は、もう譲れない。一歩も引くことはできない。

ケデメルが男に迫った。

十メートル。

五メートル。

一メートル。

キャタピラが、男を巻きこむ。その肉体を圧《お》しつぶし、ずたずたに引き裂く。

その直前。

男が動いた。

衝撃がきた。

力の波動だ。ケデメルの装甲が震え、鈍い音を響かせた。

ミサイルでも射ちこまれたのか？

違う。

男が跳んだ。大地を踏みしめ、その身を空中高く躍らせた。

力が爆発する。跳ぶために放出した下向きの巨大な力。

力は大地を砕いた。地表がくぼむように割れ、丸いクレーターとなった。

あふれた力はケデメルを襲い、それが車体を揺るがす強い衝撃となった。

男の名はザックス。皇帝の刺客《しかく》だ。むろん、ジョウもタロスもミッサもネネトも、その名を知らない。

ザックスがケデメルを飛び越える。

光条が疾《はし》った。

ガレオンだ。ジョウがレーザー砲でザックスを撃った。照準はロックされている。どれほど標的が速く動いたとしても、外すはずがない。ジョウは、そう思っていた。

だが。

ビームは夜空に消えた。

速い。

ザックスのスピードは、ジョウの予測をはるかにうわまわっていた。

いや、ジョウだけではない。

予測を外したのは、ガレオンの火器管制システムのプログラムも同じだった。

人間の姿をした者が、これほど速く動くはずがない。アンドロイドであろうと、サイボーグであろうと、あるレベルで、必ず構造上の限界に至る。その数値をもとに、システムはロックした標的を的確に攻撃する。

地表が崩れ、半球状にえぐられるほどの力を放つヒト型兵器。身長二百三十センチはたしかに大柄だが、いわゆる巨大ロボットのそれではない。間違いなく、人間の範疇《はんちゅう》に入っている。

だが、ザックスにその常識に基づいた予測はまったく通じなかった。

ジョウはレーザー砲をマニュアルで連射した。

ビームがさらに闇を裂く。

そこに、ザックスはいない。

ザックスはケデメルの真上で体をひるがえした。

反転しつつ、両腕の電磁カッターをひらいた。身につけているのは、皇帝から下賜されたナノマシンスーツである。電磁カッターが飛びだすのに反応し、腕のその部分だけ、自動的にプロテクターが解除された。

乱れ飛ぶ光条の隙間をかいくぐり、ザックスは車体後尾めざして弧《こ》を描いた。左側面後方だ。そこに降下する。

キャタピラを覆う装甲プレートが見えた。それが目の前にきた。

閃光がクロスする。

誰の目にも止まらない、電撃の技がほとばしる。

鈍く光る灰色の合金の塊が。

宙を舞った。

3

ザックスの一撃は、致命傷にならなかった。

ぎりぎりのところで、タロスが車体をほんの少し回転させた。ザックスの動きが見えたわけではない。動物的な勘による、とっさの反応だ。さらに、ネネトの力も作用していた。

電磁カッターが、装甲プレートの一部を切り取った。駆動系に影響を与える部分ではない。

ザックスが着地する。ケデメルは針路を修正し、移動をつづける。数メートル、離れた。

タロスは悪態をついていた。

コンソールに赤いLEDが灯った。

車体に損傷を受けたことを示すALERT表示だ。

さしたる被害ではないが、精神的ショックは小さくない。

ネネトのバリヤーが破られた。

けっして万能ではないとわかっていたが、それでも、現実に車体を傷つけられると、頬がひくつく。体毛がざわめく。

「ネネトのバリヤーは、はっきりとした物理的打撃に反応します」ミッサが言った。「強い力を同じレベルの力で弾く。しかし、いまの攻撃は単純な力によるものではありません。ネネトの力の狭間《はざま》に鋭くもぐりこみ、標的を捉えます。これは、そのすべてを完全に弾くことのできない力です」

「それなりに学習して、刺客を送りこんできたってわけか」

タロスの目が、忙しく動く。スクリーンの中で、ザックスの姿を求めている。映っていたら、まずい。それは、ザックスがケデメルに追いついたということになる。

「ガレオンが撃ちまくってるぜ」

リッキーが言った。

そのとおりだった。

ケデメルの後方では、熾烈《しれつ》な戦闘がはじまっていた。

ザックスの一撃がかわされた、その瞬間。

サイボーグ部隊〝デュアブロス〟が動きだした。

十五人のサイボーグ兵士が、崖の表面に張りついていた。熱源探査で浮かびあがったヒト型のシルエットがかれらだ。岩場に指を突き刺し、かすかな凹凸に足を置いて、兵士たちはザックスの行動を見守っていた。

ザックスの初打がケデメルを停められなかったとわかった直後。

サイボーグ兵士がいっせいに身をひるがえした。

ガレオンはザックスを追尾していた。

レーザー砲でパルスビームを間断なく射ちだす。

だが。

つぎつぎと繰りだされるビームは、一条もザックスに届かない。かすることすらない。

そこへ。

サイボーグ兵士の群れが、雪崩《なだれ》るように襲いかかってきた。

ガレオンはライトを点けた。ケデメルも装備している照明をすべてオンにした。

谷底が明るくなる。二輛の地上装甲車の周囲が、まばゆい光で煌々《こうこう》と照らしだされた。

ガレオンもケデメルも、敵に位置を捕捉されている。それがわかった段階で、闇の中にひそむ理由は完全になくなった。ならば、まわりを明るくしたほうが戦闘時においては有利だ。敵に、自身の姿を相手に見られている感覚を与えることは重要な意味を持つ。

白い光の中で、十数体の兵士が流れるように蠢《うごめ》いている。

ジョウはザックスを追えない。その姿が兵士たちの中に埋没《まいぼつ》した。

やむなく、ジョウはひしめくサイボーグ兵士たちへと狙いを移した。まずは、この包囲網を破らなくてはいけない。その上で、ケデメルとの再合流をはかる。

ミサイルを発射した。マルチ弾頭の小型ミサイルだ。これで、一気に敵を蹴散らす。ケデメルがガレオンから離れたことではじめてできるようになった荒業である。

一基のミサイルが、十基の弾頭に分かれた。

地上二メートル前後の空中で爆発する。命中はしていない。近接信管がサイボーグ兵士に反応した。熱源に対し、距離数十センチで信管が作動し、爆発する。

火球が連続してひろがった。紅蓮《ぐれん》の炎が、ガレオンを囲んだ敵兵士を丸く包んだ。

火炎が割れる。渦を巻きながら、微塵に砕ける。

高熱の壁を突き抜け、デュアブロスが突撃してきた。

「！」

ジョウは目を疑った。小型とはいえ、ミサイルが目の前で爆発したのだ。受けたのは、生身の歩兵である。パワードスーツどころか、ハードスーツすら着ていない。にもかかわらず、爆風を平然と流して、戦闘を継続する。

ふつうの人間でないことはわかっていた。熱源反応が、人間のそれと明らかに異なっている。ケデメルからの通信で、敵がサイボーグらしいことも聞いていた。しかし、ふつうのサイボーグの能力をはるかに超えるものとまでは思っていなかった。

尋常でない改造が施されている。こいつらは、サイボーグというよりも、超高性能のアンドロイドに近い。

ジョウはあらためてレーザー砲で弾幕を張った。

兵士の両手に、武器が出現した。

火器ではない。銀色に光るナイフのような武器だ。さざ波に似た燦《きらめ》きを刀身が放っている。

センサーが、それを超音波メスであると判断した。

ジョウはガレオンを高速で蛇行《だこう》させた。この武器は、まずい。ガレオンの装甲は、耐熱、対衝撃性を重視している。五層構造の外鈑《がいはん》は、ロケット弾の直撃を浴びても貫通には至らない設計だが、超音波メスや電磁カッターによる切断には、けっして強くない。容易に傷がつき、場合によっては大きく破損する。

サイボーグ兵士がきた。瞬時に間合いを詰められた。ザックスほどではないが、かれらも挙措《きょそ》が速い。小回りの利かない地上装甲車は、かれらに比べると、いかにも鈍重だ。

「くそっ」

ジョウはコンソールのボタンを拳で打った。

ガスが噴出した。

ガレオンの車体側面からだ。

麻酔ガスである。歩兵との近接戦を想定した武器だ。肺で吸いこまなくても、目の粘膜などから体内に進入し、兵士を数秒で昏睡《こんすい》させる。

激しく流れだすガスの霧の中で。

デュアブロスがガレオンを完全に包囲した。その速い動きには、なんら変化がない。

「だめえ。みんな平気！」

アルフィンが甲高く叫んだ。予想はしていたが、やはり麻酔ガスは、かれらに通じなかった。

超音波メスの切っ先が、ガレオンに向かって振りおろされた。

火花が散った。

装甲プレートが切り裂かれる。圧倒的な強度を誇る特殊合金の鎧《よろい》も、超音波メスには勝てない。

コクピットで警報が鳴る。けたたましい電子音だ。鋭くえぐられた装甲プレートは、耐熱性能が大幅に低下する。対衝撃性も急速に落ちる。ＡＬＥＲＴ表示がつぎつぎと明滅をはじめ、危険を知らせる。対策をとるよう、うながす。

ガレオンのレーザー砲の一門は、照準がザックスに固定されたままになっていた。ケデメルを狙っているのは、ザックスひとりだ。あとのサイボーグ兵士は、ガレオンを標的としている。ジョウにとって、絶対に倒さなくてはならぬ相手は、ザックスだけである。

レーザー砲の射撃管制システムは、発砲をつづけながらザックスの動きを解析し、追尾プログラムを書き換えている。だが、いくら修正しても、ザックスの動きには対応しきれない。それでも、ジョウは執拗《しつよう》にザックスを追う。それがいま、やらねばならないことだから。

ジョウは歯噛みをしていた。

敵の集団に囲まれて攻撃を受けているのに、操縦者の意識はべつの目標に釘づけになっている。

明らかに手ぎわが悪い。

悪いが、どうしようもない。完全に敵の術中にはまった。サイボーグとはいえ、まさか生身の兵士をガレオンの武装で仕留められないとは思っていなかった。

しかも。

サイボーグ兵士の群れは、生命を捨てていた。

ガレオンの攻撃をものともせず、超音波メスだけを手にして、果敢《かかん》に突き進んでくる。

ガレオンの火器は、それを排除できない。車体にまとわりつかれてからは、なおさらだ。この至近距離では、ガス以外のあらゆる兵器が意味を失う。麻酔ガスが使えない。それは、ガレオンの反撃がすべて封じられたということだ。

鈍い音が、ガレオンの車内で反響《こだま》した。

何が起きたのかは、スクリーンの表示ですぐにわかった。

ガレオンが旋回をはじめたからだ。

前進できない。

左のキャタピラをやられた。超音波メスで切断された。駆動輪が空回りしている。右のキャタピラだけが動作し、それがために、ガレオンは左旋回をする。

エンジンを止めた。

ガレオンは、ただの箱になった。

もはや車輛ではない。

4

ケデメルは谷底を疾駆していた。ガレオンと分断された以上、いまのケデメルにできることは、ただひたすら走る、それしかない。タロスは出力全開で、ケデメルをまっすぐに走らせた。

「サイボーグがくる！」

リッキーが叫んだ。

ザックスだ。

いったん離されたが、もう追いついてきた。ジョウがレーザー砲を乱射して、その動きを牽制《けんせい》している。しかし、ザックスはそれを意に介さない。平然と光条をよける。全身に仕込まれているセンサーがあらゆる方向からの攻撃を察知し、抜群の速度で、筋肉がそれらの情報に反応する。

「あっ！」

さらに、リッキーが声をあげた。

「今度はなんだ？」

操縦レバーを握り、スクリーンに視線を据えて、タロスが訊く。さすがのタロスも、言葉の端にかすかな苛立《いらだ》ちの響きがある。

「壁が真っ赤になった」

リッキーは熱源探査映像のスクリーンを指差した。

壁とは、谷の両側にそそり立っている崖のことだ。そこからサイボーグ兵士が離脱した。だが、それが熱源のすべてではなかった。人間の輪郭を持たない、もっと大きな何かが壁の表面にいくつか張りついていた。

その熱源の温度が上昇した。

急上昇である。一気に一千度を超えた。熱の範囲が大きく広がっていく。

はがれた。

ふわりと、はがれ落ちるように、熱源が壁の表面から離れた。

まるで花びらでも舞うかのように、赤い熱源が谷底へと落下する。細長い熱源だ。かなり大きい。

「三メートル×十二メートルくらいある」スケールを表示させ、リッキーがおおよそのサイズをはかった。

「数は三つ。金属製だ。左右対称で、明らかに人工物」

軌道が変わった。大地に向かって落ちていたのが、空中で反転した。なめらかな曲線を描き、熱源がゆったりと旋回する。これは……。

「飛行機？」

ネネトが言った。バックレストの横から上体を突きだし、スクリーンを凝視している。

「飛行機といえば、飛行機だ」タロスが言った。「だが、形状で正体がわかる。こいつは輸送コンテナ用の補助飛行装置《フライヤー》だ。いわゆる飛行機そのものじゃあない」

「補助飛行装置？」

「言ってみれば、エンジン付きの翼だな。腹んとこにでかいフックがついていて、それがコンテナの溝に噛みこむ。すると、そのままコンテナが輸送機に変身して、どこへでも移動可能になるって話だ。人間は乗機しない。操縦は遠隔操作でおこなう」

「それが、どうしてこんな場所にいるのよ？」

「どうやら、俺たちがコンテナらしい」

三機のフライヤーがケデメルに迫ってきた。高度は五十メートル弱。獲物を狙う猛禽《もうきん》のごとく、上空でケデメルの動きを監視している。

「完全に読まれていたんだね」リッキーが言った。

「こっちの経路」

「衛星で見張られているんだ」タロスは小さく肩をすくめた。

「完全な隠密行動なんか、できっこない」

「大丈夫ですか？」

ミッサが訊いた。

「わからん」タロスはかぶりを振った。

「しかし、全力を尽くす。最後まで、必死であんたたちを守る」

そして首をめぐらし、後席をちらりと見た。

「言えるのは、それだけだ」

予定どおりの流れになった。

ザックスは、そう思った。

眼前にケデメルがいる。時速は九十八キロ。路面の状況を考えると、限界ぎりぎりの速度だ。が、逃げきることはできない。これはザックスにとって、十分に追跡可能なレベルである。

ザックスが、ケデメルの横に並んだ。

レーザービームが飛んできた。ケデメルに乗ったクラッシャーが、しきりに撃ってくる。貧弱な火器だ。命中しても、火傷ひとつしない。ザックスの全身を覆うナノマシンが、そのエネルギーを完全に吸収する。

フライヤーの一機が、急降下してきた。腹部にあるフックが左右にひらく。フックの先端が鋭く尖って、鉤爪《かぎづめ》状になっている。これで目標をつかみ、捕獲する。

大きく翼を広げた巨鳥が地上すれすれに至り、水平飛行に移った。その身が、ケデメルの上にかぶさる。

火花が散った。

フックがケデメルの車体に触れようとした瞬間だ。

ネネトのバリヤーが、フライヤーの鉤爪を弾いた。物理的接触を許さない。

フライヤーはバランスを崩した。バランサーが自動的に働き、姿勢を正そうとする。

リッキーがレーザーガンの狙いをザックスからフライヤーへと転じた。

糸のように細いビームが、フライヤーの翼を灼《や》いた。フックの付け根あたり。機関部だ。

炎があがった。実写映像のスクリーンが、いきなり明るくなった。ビームがジェットエンジンを裂いた。

横滑りしながら、フライヤーがケデメルから離れていく。コントロールは失われていないが、速度が落ちている。飛行を続行できない。

ななめに機体が傾いた。ゆっくりと回転した。

轟音が響いた。爆風がザックスの皮膚をなぶる。墜落した。谷底に激突し、爆発した。

ネネトの力に穴をあけなくてはいけない。このままでは、何度フライヤーで捕獲を試みても、すべて弾かれる。

ザックスはあらためて、ケデメルに接近した。

ケデメルが逃げた。再びレーザーガンがザックスを撃つ。と同時に、ザックスの動きに合わせて、ケデメルが激しく蛇行《だこう》する。

予想どおりの反応だ。ろくな反撃能力を持たない以上、これは当然の行動である。ザックスが操縦士であっても、同じように対応する。

ザックスが電磁カッターで斬りかかった。切っ先が装甲プレートをえぐる寸前、ケデメルが加速した。車体を横に振り、ミリ単位で損傷を免れる。

いい腕だ。

ザックスは操縦者の技倆《ぎりょう》を認めた。しかし、それがゆえに、この地上装甲車は窮地へと追いこまれる。

二撃、三撃と、ザックスは電磁カッターを揮《ふる》った。

そのすべてをタロスは空振りに終わらせた。熱源映像で太刀筋を読み、瞬時に死角を見つけ、そこに車体を移動させる。

だが、その死角の位置こそが罠《わな》であった。

とつぜん。

大地が割れた。

高熱のプラズマが噴出した。

地雷だ。いや、違う。高性能爆弾によるトラップである。

爆風がケデメルを持ちあげた。ぶ厚い装甲プレートが熱の奔流《ほんりゅう》をさえぎる。しかし、そのパワーを抑えることはできない。

ふわりとケデメルが浮いた。爆発したのはケデメルの直下だったが、車体の真ん中ではない。右前方寄りの位置に爆弾は仕掛けられていた。

大きくあおられ、ケデメルはななめに傾いた。その姿勢は、バランスを崩したウイリーに近い。

二発目が爆発した。数秒の間を置いた、時間差攻撃だ。

それがとどめになった。車体が半回転した。天地が逆さまになり、ケデメルはどうとひっくり返った。

キャタピラが空転する。まるで仰向けにされた亀《かめ》だ。自力で起きあがることは絶対にできない。

ザックスが剝きだしになったケデメルの腹の上に立った。こうなっては、もはやケデメルにできることは何もない。逃げることも、攻撃をかわすことも不可能だ。

電磁カッターが左右上下に疾《はし》った。

キャタピラが断ち切られる。レーザーガンの銃身も、両断される。

わずか数秒で、ケデメルは地上装甲車としての機能を完全に失った。比喩《ひゆ》ではなく、見た目も、そのままただの箱となった。

フライヤーが降りてきた。残る二機のうちの一機だ。

ザックスは攻撃をつづける。電磁カッターで、今度はケデメルの腹を切り裂こうとしている。

叩きつけられる電磁カッターの切っ先。それをネネトの力が弾く。それでもかまわず、ザックスは装甲プレートを打つ。

その動きにシンクロして。

フライヤーがケデメルに近づいた。フックが大きくひらき、捕獲態勢に入った。

ひときわ、華やかに火花が四散した。すさまじい連撃をザックスが放った。

フライヤーとザックスの姿がクロスする。

ザックスが跳んだ。

直後に、フライヤーのフックが閉じ、尖った先端が車体に食いこんだ。

ネネトの力はそれを拒否できない。ザックスの攻撃が、力の流れを歪めていた。その間隙《かんげき》を縫い、フライヤーがケデメルをつかむ。

フライヤーの背中に、ふわりとザックスが舞い立った。

フライヤーは再上昇を開始する。箱状の残骸《ざんがい》となったケデメルも一緒だ。力のバリヤーはあえなく破られ、ケデメルはフライヤーに運ばれる一コンテナユニットと化した。

あっという間である。

闇の夜空へとフライヤーが躍りでた。

谷は、すでにザックスの眼下にあった。

5

「高度二千百二十メートル」

リッキーが言った。まさか、高度計を読むことになるとは思っていなかった。しかも、上下逆という有様で。

ケデメルの車内はめちゃくちゃになっていた。

ひっくり返った状態で、ケデメルはフライヤーに捕まった。そして、空中高く持ちあげられたいまでも、逆さまのままである。正常に戻してくれるような気配りは、帝国軍のどこにもない。

「なんで、こんなことになるんだよ！」ネネトは悪態をつきまくっていた。

「クラッシャーはあたしを守るために、ここまできたんだろ。なのに、あたしはこんな目に遭《あ》っている。ふざけんじゃない」

「ジョウ。応答してください。ジョウ」

タロスは通信機に向かって、しきりに呼びかけていた。頭が天井に押しつけられ、腰もくの字に曲がっているが、それでも、なんとかコンソールのスイッチやレバーを操ることは可能だ。ネネトのクレームは、とりあえず無視している。ネネトの言葉は、まさしくそのとおりだ。反論の余地はいっさいない。だから、無視する。黙って、罵声《ばせい》を浴びる。

「タロス、聞こえるか？」

応答があった。派手なノイズ混じりのざらついた声だが、それは、たしかにジョウの声だ。

「聞こえます、ジョウ。そちらはどうなってます？」

「キャタピラを――」

そこで、ジョウの声は途切れた。ノイズだけが車内に甲高く鳴り響いた。タロスは、あわててボリュームを絞った。

「ジョウ！」

交信が途絶した。ノイズが耳朶《じだ》を打つ。

「ちいっ」

ジョウは唇を噛み、パネルを右拳で殴った。

「ケデメルが高速で離脱していくわ」レーダースクリーンに視線を据え、アルフィンが言った。

「高度三千オーバー。針路は南南西」

「ガレオンを捨てて、追う」ジョウが言った。

「このまま見送るわけにはいかない」

「でも、外は敵でいっぱいよ」

「蹴散らす」

「待って！」アルフィンの声が高くなった。

「スクリーンを見て。熱源探査のほう」

スクリーンには、身動きできなくなったガレオンを囲んでいるサイボーグ兵士の群れが映っていた。熱源映像なので、赤や黄色の暖色系の塊が、闇の中で左右に動きまわっている。

その背後に。

あらたな熱源があらわれた。アルフィンが「見て」と言ったのは、そのことだ。

反応は？

人間のそれだ。輪郭、温度分布、動作。サイボーグやロボットとは、明らかに異なる。

新手？　それともべつの何か？

答えは、すぐにわかった。

通信が入った。

「山猫だ」

通信機から、声が流れた。

「ジョハルタか」

ジョウが応答した。ネネトの民がきた。ネネトの民はゴロではなく、イオノクラフトで地上装甲車を追跡してきた。ダイロン市内で使われていたスポーツタイプのイオノクラフトだ。場外で用いるため、チューンアップを施して機動性を高めたモデルだが、それでも、最高速度は五十キロそこそこだ。谷あいを走る狭い溝《みぞ》のような道を一列になって駆け抜けてきた。しかし、谷底を全速力で走ってきたガレオンに追いつくには、その近道を使っても少し時間がかかった。それが今回は、大きな痛手となった。

「すまん」ジョウは言葉をつづけた。

「ケデメルを奪われた。だが、まだリッキーとタロスが……」

「その話はあとにしよう」

ジョハルタの声が変わった。低いしわがれ声になった。聞き覚えがある。モロトフだ。

「まず、こいつらを排除する」モロトフは言った。

「こいつらは皇帝直属の剣闘士。最強のサイボーグ兵士集団だ」

「やはり、サイボーグか」ジョウの頬がぴくりと跳ねた。

「俺も、外にでる。そいつらを一緒に始末する」

「ここは、われわれにまかせろ」モロトフが応えた。

「まだネネトの力は断たれていない。この程度の数なら、われわれだけで叩きつぶせる。悪いが、そこでじっとしていてくれ」

通信が切れた。

「そうはいかない」ジョウがシートから立ちあがった。

「ここで黙って見ていたら、俺たちだけでなく、クラッシャーそのものが恥をかく。アルフィン、援護を頼むぞ」

「衛星軌道からの攻撃ね」

「そうだ」ジョウはあごを小さく引いた。

「ネネトの力は、もう俺にもガレオンにも及ばない。衛星軌道から狙われたら、自力でなんとかする。打つ手は、これしかない」

「必死でやるわ」

アルフィンはコンソールのトリガーレバーを二本起こし、それを両の手でしっかと握った。

ジョウは、車内後尾へと移動した。そこにさまざまな装備が納められている。その中から、ハンドジェットを引きずりだした。背中に負う小型飛行装置だ。

ハンドジェットを背負い、ジョウは貨物用ハッチの手動開閉レバーを左手でつかんだ。右手にはヒートガンを握っている。

レバーをひねった。

跳ねあがるように、ハッチがひらいた。

ジョウは車外へと身を躍《おど》らせた。同時に、ハンドジェットに点火した。

轟音とともに、ジョウが飛んだ。

短い水平飛行。そして、すぐに急上昇。

一気に高度を稼ぐ。まずは地上の様子を鳥瞰《ちょうかん》する。八十メートルほど昇って、ホバリングに移った。

サイボーグ兵士とジョハルタが戦闘状態に入っていた。

ジョハルタがクォンを揮《ふる》う。サイボーグ兵士は、超音波メスで対抗する。

ジョハルタが強い。クォンのせいだ。クォンは距離がひらいていても、その威力が落ちない。力を射ちだす方向さえ合致していたら、数メートルの間合いであろうと、ネネトの力が敵を直撃する。

しかし、サイボーグ兵士はタフだった。強力なクォンの一撃を浴びてなお、平然と超音波メスでジョハルタに斬りかかる。

乱戦になった。ジョハルタとサイボーグ兵士が入り乱れ、ガレオンのまわりで激しい戦いを繰り広げている。

ジョウは高度を下げた。状況はわかった。サイボーグ兵士がいるので、幸いなことに衛星軌道からの無差別攻撃はない。

ヒートガンでサイボーグ兵士を撃った。熱線で兵士を倒すことはできないが、動きの牽制《けんせい》には十分になる。関節部分などに命中すれば、明らかに動作が鈍る。そこを、すかさずジョハルタがネネトの力で打つ。さしものスーパーサイボーグも、クォンの攻撃を立てつづけにくらうと、昏倒《こんとう》する。意識を失い、戦闘不能に陥る。即死する者もいる。

十数分が、またたく間に過ぎた。

苛烈《かれつ》な死闘に決着がついた。

サイボーグ部隊が撤退した。

六体のサイボーグが、谷底に転がっている。あとの兵士は、その場から去った。クラッシャーとジョハルタの殲滅《せんめつ》はかなわなかった。

ハンドジェットを操作し、ジョウが地上に降りた。ガレオンの上部ハッチがひらく。そこからアルフィンも顔をだした。ジョハルタと合流すれば、衛星軌道からの攻撃に備える必要はない。

「助けにきたのに、助けられたような気がする」

ジョウの前に、モロトフがきた。白い布で全身を覆い隠しているが、いまはもうすぐにそれがモロトフだとジョウにはわかる。

「ネネトを守りきれなかった」ジョウが応《こた》えた。表情が硬い。

「こんな形での待ち伏せは予想にない。意外だった」

「われわれも、こういう事態になるとは思っていなかった」モロトフが言った。

「ルートの候補はいくつかあった。この谷を行くことに決めたのは、出発直前だ。偵察衛星で動きを確認できたとしても、これほど大がかりな仕掛けを用意できる余裕は帝国軍になかったはずだ」

「でも、現実は違った。サイボーグ軍団が待ち構えていた」ジョウの横に並び、アルフィンが言った。

「それも、フライヤーまで用意して。谷底には、爆弾も埋めこまれていたわ」

「導師」若いジョハルタがモロトフの脇にきて、声をかけた。

「だめです。息があった者も自決しました」

「そうか」

モロトフは、短く答え、首を横に振った。自決したというのは、谷底に残された六体のサイボーグ兵士のことだ。待ち伏せの詳細を問うべく訊問《じんもん》するようジョハルタに命じていたが、それは失敗に終わった。自力で動くことができなくなったのと同時に、かれらは生体活動をみずからの意志で停止させた。もしかしたら、生体維持システムそのものが、そのようにプログラミングされていたのかもしれない。

「………」

沈黙が、ジョハルタとクラッシャーとの間に生じた。

深い敗北感があたりに漂っている。

「大丈夫よ」アルフィンが言った。

「きっとまだ、なんとかなる」

6

三時間が経過した。

ケデメルがどこかに運ばれていく。車内は、依然として上下逆さまだ。高度は三千メートルを超えた。フライヤーの速度は時速にして八百キロくらいだろうか。それほど速くはない。加速も減速もせず、ただ淡々と飛びつづけている。

「どこに向かっているんだろう」

リッキーが言った。

車内の計器は、そのほとんどが停止している。センサーとエンジンを装甲プレートごともぎとられてしまったからだ。空調や一部の機器は、予備の動力源で動いている。照明も失われてはいない。

「地上は見えないの？」

ネネトが訊いた。

「車外カメラが三つだけ動いている」リッキーが答えた。「そのうちのひとつが地上に向いているんだけど、角度の調整ができないから、どこを映しているのか、よくわからない」

「見せて」

「ああ」

コンソール中央にある大型スクリーンの映像を、リッキーは切り換えた。

切り換える前もあとも、スクリーンは真っ暗だ。陽が完全に落ちているいま、肉眼で見えるものは夜空の星くらいである。地上となると、何ひとつ視認できるものはない。

「赤外線で見てみよう」

さらに映像が変わる。今度はいきなり画面全体が明るくなった。闇が消え、かわりに白っぽい景色がスクリーンいっぱいに広がった。

「森がある」タロスが言った。

「山裾《やますそ》って感じだな」

「そんなことわかるの？」ネネトの目が丸くなった。

「あたしには、地上だってことすらわからないよ」

「慣れてるんだ。こういう光景を見るのに」

「あれは、川ですね」

ミッサが口をはさんだ。

「そうだな」タロスがうなずく。

「かなりでかい川だ。たぶん、海までつづいている」

「ゲリスリバーだと思います」ミッサが言った。

「ジャバラムで最大の川。地図で見たとおりに蛇行しています」

「ジャバラム大陸のどのあたりにあるんだ？」

「北側ですね。ドーンフラ山脈を基点にして北東へと流れ、ブーヤ湾へと至ります」

「ここだ」リッキーが画面の端に地図の映像を入れた。

「近くに都市や宇宙港がある」

「軍事基地もあるはずです」

「ふ……む」

ミッサの言葉に、タロスが鼻を鳴らした。

「何か、わかったのかい？」

リッキーが訊いた。

「いや、さっぱり」タロスは両手を広げ、肩をすくめた。

「どこへ行くのか。何をするのか、見当もつかねえ」

「トホホ」

リッキーは頭をかかえた。

「とにかく、着いたときに備えて準備をしよう」

ハーネスのロックを、タロスは外した。器用に巨体をひねって一回転し、天井を床代わりにして足をつき、膝を折る。腰をかがめて、バックレストを避けた。

「準備？」

「相手は化物だぞ」天井を歩き、車内後部へとタロスは向かった。

「ちゃちなレイガンや花火の親戚で戦えると思うか？」

後部にはカーゴトランクがある。中には、クラッシュパックが詰めこまれている。火器、弾薬を入れたクラッシャー専用のハードケースだ。完全にひっくり返っているが、中身に影響はない。

「ねえ、あんた」

リッキーの前に首を突きだし、ネネトが言った。

「リッキーだよ」

あんた呼ばわりにむっとなり、リッキーは唇を尖《とが》らせた。

「リッキーさあ」ネネトはつづけた。

「最初会ったときはかっこいいと思ったんだけど」

「………」

「いろいろ見ていると、けっこうとろいんだね」

「！」

「下っぱだしさあ、できること少ないしさあ」

「…………」

　リッキーは硬直した。言葉がでてこない。表情が完全に固まっている。

「もうちょっと、しっかりしたほうがいいと思うよ」

「…………」

「どうだ？」タロスが操縦席の真下に戻ってきた。

「これでさっきのサイボーグ野郎といい勝負になるぞ」

　タロスの姿が一変していた。

　からだじゅうに武器を装着している。肩にグレネードランチャー、腰に小型バズーカ、腕にペンシルミサイル、ふとももにロケット砲。額には暗視鏡まで巻きつけている。運びこまれた先が闇に包まれていたときを想定しているのだろう。もちろん、大型のレーザーライフルも欠かしていない。ちゃんと左腕にかかえている。

「無理だね」冷ややかな声で、ネネトが言った。

「あいつは、ものが根本的に違う。そんな付け焼き刃で勝てると思ったら大間違い。あんた、めちゃ甘だよ」

「ぐ――」

　タロスも絶句した。

「どーして、モロトフはこんな連中にあたしの護衛を頼んじまったんだろう」

ネネトはシートから降りて天井に身を移し、両手を首のうしろにまわしてごろりと仰向けになった。その目の前に、ミッサがいる。天地逆さまなので、ネネトとミッサの顔が近い。

「でも、ミッサがいるから大丈夫かな」ネネトはにっこりと笑った。「ミッサ、力を使ってあたしを守ってね。できるんなら、前のクラッシャーふたりも一緒に」

「がんばります」

ミッサは笑みを返した。

「うぐぐぐ」

タロスとリッキーは互いに顔を見合わせている。護衛する立場のクラッシャーを守ってくれとは、ひどい言いようである。面目丸つぶれだ。反論したいが、こんな状態になってしまっては、何を言っても意味がない。とりあえずは黙っているのが得策だ。そうすれば、そのうち、どこかに着く。着いたら、事態打破もありうる。名誉挽回《ばんかい》も可能だろう。いや、絶対に挽回しなくてはいけない。

高度計に変化が生じた。

じりじりと数字が下がっている。

どうやら降下態勢に入ったらしい。

車内に緊張が走った。

「高度二千」リッキーが言った。

「ぐんぐん落ちている」

「着陸って感じだな」タロスが言った。

「いよいよチャンスだ」

「なんの？」

ネネトが訊いた。

「いいところを見せるのさ」

「ふーん」

タロスの言をネネトは信じていない。癪《しゃく》な小娘だ。口調は乱暴で、洗練された振舞いがどこにもない。ほとんど野生児である。だが、ある意味、小気味がいい。タロスにしてみれば、とりすましているお姫さまのお守りかと思ったときもあったが、これは、そう悪くない方向で裏切られた。こういう娘の護衛なら、クラッシャー流の手法を貫いても仰天されることはないだろう。

さらに高度が下がった。

赤外線映像は。

真っ白だ。スクリーンには何も映っていない。

「赤外線を地上から照射してやがる」タロスは苦笑した。「これじゃ、どこに降りようとしているのか、まったくわからない。しかし、おかげで、降ろそうとしている場所がどういうところになるかという予測は可能になった」

「なに言ってんの？　あんた」

ネネトが上体を起こし、タロスの顔を覗きこんだ。天井にすわりこんでいるタロスとネネトの間に、距離はほとんどない。

「着陸地点には強力な赤外線照射装置があるってことだ」タロスは言った。「そんなものを置いているのは軍事基地か、その付属宇宙港だけ。わからなくても、わかるようになる。そういうことだ」

「なーるほど」

リッキーがぽんと手を打った。ネネトよりも、リッキーのほうが勉強になったらしい。

フライヤーが着陸した。

なめらかな着陸だった。後方から押されるような減速Gを感じる。ケデメルの車体が地上を滑走しているということだ。おそらく地上に敷かれたレールの上に台車があり、そこにフライヤーが着陸したのだろう。滑走しているのは台車だ。減速は台車のブレーキでおこなっている。

停止した。Gが消えた。

「タロス、スクリーン」

リッキーが言った。首を伸ばして見上げると、メインスクリーンに映像が復活している。

壁があった。映っているのは、あまり広くないホールのような場所だ。がらんとした空間である。特徴は何もない。

「部屋の中にいる」ネネトが言った。

「外じゃない」

7

今度は何が起きるのか。

固唾《かたず》を呑《の》んで、四人はその瞬間を待った。四人とも、そう思っていた。ただの箱となったケデメルの外鈑《がいはん》を切り裂き、兵士がいっせいに銃を突きつける。そんな不快な光景が脳裏に浮かんだ。

強引に車外へと引きずりだされる。

しかし。

なぜか、いくら待っても、何も起きない。

二十分が経過した。

「ねえ、ここってさあ」

えんえんとつづく沈黙に、最初に耐えられなくなったのは、やはりネネトだった。じれったそうに腰をあげ、首を伸ばしてメインスクリーンを見た。

「なんか、倉庫か格納庫って感じじゃない？」

「似てるって言ったら、ダイロンの城門脇にあったガレージだな」腕組みをして、タロスが言った。

「あとは……〈ミネルバ〉のカーゴルームだ」

「やっぱ、格納庫じゃん」

「ちょ、ちょっと待った」リッキーがふたりのやりとりに割って入った。

「それじゃあ、ここは宇宙船の内部《なか》ってことになっちゃうぞ」

「その可能性はゼロじゃねえ」

他人事のように、タロスが言った。

「スオラシャから離れるということですか？」

ミッサが訊いた。

「いや」タロスは小さくかぶりを振った。

「確率としては大型輸送機の腹ん中ってほうが高い。大陸ひとつ飛び越えて、首都にでも運ぶ気だと、俺は睨んでいる」

「ここは、終着駅じゃないんだね」

ネネトが言った。

「おそらくはな」

今度はタロスがごろりと横になった。さまざまな武器を全身にぶらさげているのに、タロスはその存在をぜんぜん気にしない。器用なものである。

「とりあえず、寝よう」あくびをしながら、タロスが言った。

「こういうときはからだを休ませる。それがセオリーだ。リッキー、おまえもここに降りてこい。そのままだと、頭に血が溜《た》まっちまうぞ」

床がわりになっているケデメルの天井を、タロスは指し示した。

「俺《おい》らはいいよ」リッキーは右手を小さく横に振った。

「クラッシュジャケットが血流をコントロールしてくれている。そこにいたら、スクリーンが見えなくなるから、俺らは、ここでがんばる」

「そうか」タロスは目を閉じた。

「なら、そっちはおまえにまかせた」

「あたしも寝る」

またネネトが仰向けに転がった。

タロスとネネトが、肩を並べて熟睡態勢に入った。

「親子みたいですね」

ミッサが言った。

「違う」リッキーがぴしゃりと言った。

「爺さんと孫だよ」

タロスとネネトは本当に寝入った。こういう状態でも、ベテランクラッシャーは少しも動じない。

再び、淡々と時間が過ぎる。

だが、この静謐《せいひつ》の時間は、それほど長くはなかった。

「！」

タロスが目をあけた。

「Gだ」

低い声で、つぶやいた。

「G？」

リッキーがタロスを見た。

「慣性中和機構で加工された重力だ」タロスは身を起こした。

「ちくしょう。やっぱり宇宙船か」

「映像に変化なし」リッキーはスクリーンに視線を移した。

「部屋ん中には、誰もいないね」

「なんだよお。何かあったのか？」

　ネネトが目を覚ました。

「動きだした」タロスが答えた。

「どうやら、宇宙空間まっしぐらだ」

「宇宙に向かっているのか？」

　ネネトの青い瞳が、きらりと輝く。

「宇宙船で行くとなると、それしか考えられない」タロスは眉根《まゆね》に縦じわを寄せた。

「しかし、どうしてスオラシャから飛びだすのか、それがまったくわからない」

「軌道ステーションに行くんじゃないの」リッキーが言った。

「地上にいたら、どんなに遠くに連れてってもジョハルタが追ってくる。でも、軌道ステーションなら、宇宙船がない限り、追跡不可能だ」

「ねえ」ネネトがタロスにまなざしを向けた。

「外にでてみない？」

「外？」

「格納庫には誰もいないんだろ。だったら、ここからでて様子を見たって平気だよ」

「むちゃを言うな」タロスは、ぼそりと答えた。

「こいつは罠《わな》みたいなものだぞ」

「…………」

「でていったら、そこらじゅうからわらわらとサイボーグ野郎がでてきて、おまえをひっ捕まえる。そういう仕掛けだ」

「子供だね」リッキーが言った。

「見た目だけで、簡単に判断する。でも、現実はそんなもんじゃない」

「悪かったなあ」ネネトの目の端が高く吊りあがった。

「どうせ、子供だよ。十歳だよ。あんたより五つも年下だよ」

「なんで、俺らの年齢《とし》を知ってるんだ？」

ネネトの指摘に、リッキーの目が丸くなった。

「なんでって――」ネネトは口ごもった。

「なんでだろう」

視線を足もとに落とし、首をかしげた。

が、すぐにおもてをあげ、頭上のリッキーをきっと見る。

「なんででも、わかるんだよ！」大声で怒鳴った。

「とにかく、あんたが十五歳だって閃いたの。ぴんときて、頭ん中に数字が浮かんだの」

「どうでもいいや」タロスが、また大あくびをした。

「宇宙船なら、どこだろうが、二、三分で着くってことはない。少なくとも、あと数時間は寝られる」

俯《うつぶ》せになり、タロスはからだを丸めた。あっという間に、いびきをかきはじめた。

「…………」

「…………」

リッキーとネネトは、つづける言葉がない。

「やっぱ、あたしも寝る」

車外にでることを、ネネトはあっさりと諦《あきら》めた。タロスの横で、大の字になった。

「さすがですね」囁《ささや》くように、ミッサが言った。

「ネネトが、こんなに素直にご自分の主張を撤回されるなんて考えられません。ベテランクラッシャーの技でしょうか」

「ちゃうと思う」リッキーは即座に否定した。

「あれは、タロスの天然」

「はあ」

いびきが二重奏になった。

七時間後。

「器用なやつだな」

タロスの太い声がリッキーの耳朶《じだ》を打った。

「え？」

「逆さまになったまま、ぐっすりと寝こんでやがる」

目をあけた。

「わっ」

真正面にタロスの顔があった。リッキーは驚き、大声をあげた。

「うるせえ」

わざとらしく耳の穴に指を突っこみ、タロスは文句を言った。

「うるさくもなるよ。目の前にそんな小汚い顔がいきなりあらわれたら」

リッキーは拳《こぶし》を握り、抗議した。目は一発で覚めた。しかし、ホラー映画の怪物もかくやという傷だらけの面相を距離五センチで見たため心臓が跳ねあがり、呼吸がしばらく止まった。死ななかったのは、奇跡のようなものである。

「がたがたほざくな」タロスはコンソールに向かってあごをしゃくった。

「それより、スクリーンの監視はどうなった？　Gにあらたな変化がでている。こいつは減速Gだぞ」

「着陸するのかい？」

タロスの言に、リッキーは少しうろたえた。眠るつもりはなかったのに、タロスとネトのいびきにつられて、自分もつい寝入ってしまった。これは、明らかに失敗だ。

「航行時間は七時間二十二分」タロスは言葉をつづけた。

「中途半端な数字だ。ゴーフリーの星域外にはでていない。もちろん、ワープもなかった」

「やはり、軌道ステーションにドッキングするんでしょうか？」

ミッサが訊いた。こちらは一睡《いっすい》もしていないらしい。

「違うな」タロスは周囲をうかがうように、首をまわした。

「それなら、もっと早く着く。こんなに時間はかからない」

「じゃあ、どこにきたんだよ」

リッキーが訊いた。

「スオラシャには衛星があったな」

タロスはミッサを見た。

「大小とりまぜて、三つあります」ミッサは答えた。

「そのどれにも宇宙軍の施設が置かれているはずです」

「それだ」リッキーが指を鳴らした。

「調べてみよう」

コンソールに向き直り、キーを叩いた。

8

「スサボとナルガブとエキドナ」リッキーが言った。

「スサボとナルガブは直径三千キロクラスの衛星だね。エキドナだけが一千キロクラスで、かなり小さい。でもって、スオラシャにいちばん近い軌道をまわっているのが、エキドナ」

「施設は軍事基地か？」

タロスが訊いた。

「スサボとナルガブにあるのはそう。宇宙港もあるし、一部は要塞化されている。だけど……」

「だけど、なんだ？」

「エキドナは情報がない」

「ない？」

「公開されていないんだ」リッキーは、さらにキーを叩いた。「衛星自体は軍の管理下にある。データでわかったのは、それだけ。あとは、まったく公開されていない。衛星のデータも、一部しかないよ」

「怪しいな」

タロスがうなずいた。

「なんか、からだが軽いぞ」

とつぜん、ネネトが口をひらいた。タロスとリッキーのけたたましいやりとりで、少し前に目を覚ましていたネネトだが、しばらくはぼんやりとしていた。それがいま、ようやく頭がはっきりしてきたらしい。

「〇・二Gだな」タロスが言った。

「人工重力の標準値だ」

「低重力を人工重力で補っている」リッキーが言った。

「慣性航行中でないのなら、スオラシャの衛星上にいることは、まず間違いないね」

「どっかに着いたのか？」

きょろきょろとネネトがあたりを見まわした。まだ少し寝ぼけているようだ。

電子音が鳴った。

コンソールからだ。

「きた！」

リッキーの表情が、固くこわばった。

「なんだよ？」

ネネトには、電子音の意味がわからない。

「帝国軍の兵隊だ」リッキーは、声も固い。

「熱源センサーに警報をリンクしておいたんだ。車外に何かあらわれたら、この音が鳴る」

「いよいよ、おでましか」

タロスが、うっそりと立ちあがった。スクリーンに視線を向ける。

画面に人の姿が映っていた。カメラを動かすことができないため、右手前方しか見ることができないが、その範囲内だけでも、三人の人影を確認することができた。

「囲んでいますね」

ミッサが言った。

「あたし、見えない」

タロスの横で、ネネトがじたばたしている。三人に視界を阻《はば》まれては、背の低いネネトが割りこむ余地はどこにもない。

「サイボーグ兵士じゃねえな」タロスが言った。

「ざっと十人から十五人ってところか。予想よりは少ない」

　兵士は、全員がハードスーツを着ていた。戦闘用の宇宙服である。パワードスーツのような倍力機構はついていない。

「何をする気なんだろう？」リッキーが首をかしげた。

「今度こそ、絶対に引きずりだされるって思ってたんだけど」

「こっちの出方を探るのか、あるいは、挑発して、何かさせようと目論《もくろ》んでいるのか」

「何かって、なんだよ？」

　ネネトがタロスに問う。

「脱出をはかるとか、そういうことだ」タロスはネネトに目を向けた。

「逃げられるものなら、逃げてみろと言外に言っている。試してみたいと思っているんだ。クラッシャーの技とネネトの力を」

「それじゃあ」

　リッキーの声がうわずった。

「近くに皇帝がいる」タロスは口もとに薄く笑いを浮かべた。

「これは、やつのゲームだ。俺たちが反応するのを、皇帝は楽しみながら待っている」

「だったら、期待に応えてやろうよ」気負いこみ、ネネトが言った。

「サイボーグ兵士でないのなら、あんたは無敵なんだろ。みんな、蹴散らしてしまおう」

「やけに威勢がいいな」タロスの微笑が、苦笑に変わった。

「たしかに、ここにいる兵士を叩きのめすだけなら、簡単だ。いまの装備だと、この三倍の人数でも一掃《いっそう》できる」

タロスは肩のグレネードランチャーを平手でぽんぽんと打った。

「だめだよ」リッキーが言った。

「これも罠だ。皇帝軍の戦力がこんなもんだってこと、あるわけないじゃないか」

「まさしくそのとおりだ」タロスがあごを引いた。

「しかし、こっちの籠城《ろうじょう》にも限界がある。このまま何十時間もここで過ごすなんてことは不可能だ。第一、俺たちの仕事は、ネネトを病院船まで連れていくことだぞ。その任を果たすためには、ある種の決断も必要になる」

「でも……」

「だから、行こうよ!」ネネトが甲高く叫んだ。

「あたし、もうこんな狭いとこにいるの、飽きた。なんでもいいから、ひと暴れしたい。でないと、傷が悪化する。熱がでる。激痛でのたうちまわる」

ネネトは、わざとらしく包帯を押さえ、頭を両手で抱えこんだ。

「ポイントは、作戦だ」口調をあらため、タロスがリッキー、ネネト、ミッサをひとりずつ眺めた。

「段取りを決め、連携を密にして動く。そうすれば、突破口も見えてくる。たぶん」

「たぶんかよ」

リッキーが頬をひきつらせた。

「映像を見てみろ」タロスがスクリーンを指差した。

「壁の左っかわだ。大きな扉がある」

「ほんとだ」

リッキーがボタンを操作し、映像のその部分を拡大した。たしかにそこが矩形《くけい》に切られている。大型車輛の出入りも可能な扉だ。壁の一部が、中央から左右にひらくタイプらしい。

「いかにも、ここを通ってくれと言わんばかりだろう」

「ああ」

「そういうことなのだ」タロスはつづけた。

「皇帝だか誰だかははっきりしないが、とにかくここに俺たちを運んだやつが、誘っている。この扉を抜けて自分のもとにこいと、無言で圧力をかけている」

「…………」

「わかっていることは、ただひとつ。向こうには、まだ俺たちを殺す気がない。それだけだ。殺すつもりなら、もうとっくにやっている。わざわざこんなところまで運んだりはしない。だが、それさえわかっていれば、十分だ。そういうことなら、この誘いに乗ってもいい。限りなくゼロに近くとも、チャンスがまだ残っている」

「それで、まずどうするんですか？」

ミッサが訊いた。

「ここから飛びだす。兵士を始末し、扉をひらく。そして、行けるところまで行く。行って、そこで俺たちを待っているやつをぶっ倒す。以上だ」

「それ、作戦なの？」

ネネトの目が丸くなった。

「クラッシャーだからね」リッキーが言った。

「後先考えず、めちゃくちゃ暴れるだけってのを作戦と呼ぶのが、クラッシャーなんだ」

「ぬかせ」タロスは笑った。

「とはいえ、今回はそのとおりだ。時間にも、やれることにも制限がある。こういうときは、全力を尽くし、がむしゃらに突進するってのも、立派な作戦になるのさ」

「論理は皆無ですが、なんとなく納得できますね」

ミッサが、さらりと言った。

「攻撃は、俺が受け持つ」

タロスが立ちあがり、リッキーとミッサに手を貸して、ふたりをシートから天井の上へと降ろした。逆さま宙吊り状態は、これで終わりだ。リッキーはすぐに車内後部に行き、武器を手に把《と》った。

「リッキーとあんたが、ネネトを守る」タロスはリッキーとミッサを交互に見た。「俺のことはかまうな。撃たれようが、斬られようが、無視しろ。俺はサイボーグだ。めったなことで死んだりはしない」

「でも、不死身じゃないんだろ？」

ネネトが言った。

「限りなく、不死身に近い」

タロスは胸を張った。

「年寄りの冷や水だね」

武器を選び終えたリッキーが、タロスの横に戻って言った。さすがにタロスのような重武装ではない。手投弾やレイガンを腰に吊し、右手に大型のヒートガンを握っている。

「てめえこそ、足がもつれて転ぶなんてマネはするなよ」

「何があっても、ネネトを守る」

リッキーは真顔になった。

「準備はいいか?」

タロスがミッサとネネトに訊いた。

「いつでも大丈夫です」

「さっさとでよう」

ネネトの手をミッサがしっかりと握っている。全身を覆う白布の端から覗く、右足のプラスチックバンデッジが、いかにも痛々しい。

「平気だよ」タロスの視線に気づき、ネネトが言った。

「もう痛くもなんともない。走ることだってできる」

「そうか」タロスは小さくうなずいた。

「だったら、ばっちりだ」

車体前方に非常脱出用のハッチがあった。コンソール全体が外側に跳ねあがり、そこにぱっくりと口がひらく。

「行くぜ」

タロスが低い声で言った。

シートのバックレストにはめこまれているレバーを起こし、手前にひねった。

甲高い破裂音が響く。

勢いよく、ハッチがひらいた。

第四章　地下闘技場

1

ハッチがひらききる前に。

タロスは右腕を車外に向かって突きだした。腕にはペンシルミサイルの発射装置が装着されている。

オレンジ色の炎が、タロスの腕を包んだ。

六基のペンシルミサイルが宙に舞った。

その弾頭が空中でさらに三つに分裂する。

計十八基の剣呑《けんのん》な凶器が、ケデメルの残骸を囲んでいた兵士たちをいきなり襲った。

爆発する。火球が、がらんとした部屋のそこかしこで丸く広がり、渦《うず》を巻く。すさまじい轟音が壁を激しく揺らし、床を波打たせる。

「でえいっ」

一声叫び、タロスが燃えさかる炎の中へと躍りでた。その背後に、リッキー、ネネト、ミッサがつづいている。

グレネードランチャーが吼《ほ》えた。手榴弾が四方に飛ぶ。たたみかけるようなタロスの攻撃だ。とにかく撃つ。撃って、壁の扉まで一気に到達する。

反撃がきた。ビームライフルの光条が、四人めがけて殺到した。タロスの奇襲を免れた兵士たちによる一斉射撃だ。

光が弾ける。タロスとリッキーの足もとで、ビームがうねる。

この射撃の狙いは。

分断だ。

タロスはすぐに敵の意図を察した。

兵士たちは、ネネトを殺すことができない。明らかに射殺するなという命令を受けている。これは、そういう撃ち方だ。だから、かれらはやむなく、タロスとリッキーの間にビームを撃ちこんできた。このビームで、リッキーの足が止まる。止まれば、そのうしろにいるネネトとミッサの動きも制限される。全身を兵器化させたタロスひとりが、前に進むことになる。

「そうはいくか！」

錯綜《さくそう》するビームの嵐に、ネネトが反応した。

「なに？」

「えっ？」

「おい！」

十歳の少女は、兵士が放つビームの意味を理解していない。

三人は仰天した。ネネトはミッサのバリヤーに包まれている。しかし、そのバリヤーの範囲がはっきりしていない。ケデメルは力を増幅するドーム加工が車内に施されていた。そのため、車輛全体をシールドすることができた。それでも、あれだけのダメージを負った。いま、そういった防御カバーは、どこにもない。それがゆえに、ミッサはネネトの真うしろにつき、彼女と密着するよう歩調をシンクロさせていた。

制止する時間はなかった。

リッキーは飛来する光条の群れに気をとられ、ミッサは、力を用いることに専念していた。

あっと思ったときにはもう。

ネネトが先行するリッキーの右手首をつかんでいた。

ヒートガンを握っている手だ。人差指がトリガーボタンにかかっている。

熱線がほとばしった。

撃たれるくらいなら、撃つ。いかにも気の強いネネトらしい発想だ。しかし、これは子供の喧嘩ではない。命中すれば、人が死ぬ。そういう戦いだ。十歳の少女には、その認識が欠落している。

電撃のそれにも似た高熱の帯が、右から左へと大きく疾《はし》った。

数人の兵士が応戦した。リッキーとネネトの輪郭がひとつに重なっている。その兵士たちの目には、ヒートガンを乱射するリッキーの姿しか映っていない。

数条のビームが、激しく交差した。

「うあっ」

悲鳴があがった。

火花が散る。閃光が炸裂《さくれつ》する。

ビームの中心に。

リッキーがいた。

ネネトを抱えこんでいる。両腕でしっかりと抱きしめ、自分のからだで、ネネトのそれを完全に覆っている。

集中するビームは、リッキーの背中を灼《や》いた。腰と肩口も灼いた。

防弾耐熱にすぐれたクラッシュジャケットとはいえ、この直撃には抗しきれない。貫通こそ阻止したが、熱はリッキーの肉体表面を一瞬にして駆けめぐった。

リッキーが力を失い、昏倒《こんとう》する。

しかし、リッキーはネネトを離さない。ネネトを自分の内懐《うちぶところ》からだすこともしない。抱えこんだ体勢のまま、ゆっくりと前のめりに崩れていく。

「リッキー！」

短い間を置いて、ネネトは何が起きたのかを知った。

リッキーがネネトをかばった。身を挺《てい》して、彼女の命を守った。ミッサの力は届いていた。届いていたが、弱かった。ある程度の減衰はあったものの、完全にはビームをそらすことができなかった。

いっせいに放たれたビームシャワーを、リッキーがひとりで浴びた。バリヤーに威力をそがれていても、直撃は直撃である。ダメージを免れることはできない。

「リッキー」

ネネトがリッキーの下敷きになった。この状態に陥っても、まだリッキーはネネトの身を案じている。膝をつき、肘で上体を支えた。下敷きにはなったが、ネネトが倒れたリッキーに圧《お》しつぶされることはない。

「大丈夫だ」低い、かすれた声で、リッキーが言った。

「それより、そっちはどうなんだ？　撃たれてないか？」

「なんともないよ」ネネトは答えた。

「かすりもしなかった」

「パーフェクト」

リッキーはおもてをあげ、わずかに口もとを歪《ゆが》めた。笑ったつもりだが、苦痛がひどく、そういう表情にはならなかった。

「リッキーぃぃ」

ネネトはいまにも泣きだしそうである。護衛をつとめる場合、ガードする側の者が自身のからだを楯《たて》にして対象者を守るのは常識である。かわりに撃たれるために、対象者の近辺に立っているといっても過言ではない。が、ネネトはその常識を知らなかった。驚き、恐怖に全身を震わせていた。

「申し訳ありません」

ミッサがきた。

倒れているふたりに近づき、膝を折って、身をかがめた。弱まっていたバリヤーが、再び強化された。ビームが弾かれる。

ミッサがリッキーの肩を支え、起こした。ネネトも手を貸した。三人が、よろめきながら、立ちあがった。

「急げ！」

レーザーライフルを撃ちまくりながら、タロスが怒鳴った。壁の扉は、もうすぐそこだ。あと数歩で、その前に到達する。

ロケット砲が火を噴いた。

タロスの膝に装着されていた二門のロケット砲だ。

直径六十ミリの弾頭が、壁の扉に叩きこまれた。

扉が砕けた。

壁が割れ、扉が裂ける。すさまじい爆発が、特殊合金の塊を微塵《みじん》に粉砕する。

紅蓮《ぐれん》の炎が丸く膨《ふく》れあがった。壁全体が赤く染まった。

炎がすうっと小さくなる。扉が破れ、穴があいた。その穴の向こう側に炎が吸いこまれ、消滅した。穴の直径は、およそ二メートル。タロスでも十分に抜けられる広さだ。

タロスに、リッキー、ネネト、ミッサが追いついた。リッキーは半失神状態だが、気力だけで意識を保っている。ネネトとミッサに両側からからだを支えられ、なんとか足を運ぶ。

「しっかりしろ。リッキー！」

耳もとで、ネネトが叫んだ。気がついていないが、ネネトはリッキーの命を賭《と》した行為に、強く心を打たれていた。口では聖少女、神の御使いなどと言われていたが、本当に身を捨てて自分を守ってくれるものなどいなかった。ジョハルタは、たしかに献身的だった。しかし、宮殿が崩れたとき、彼女の上に覆いかぶさり、彼女にかわって瓦礫《がれき》の下敷きになった者は皆無だった。むろん、それはタイミングのせいもあった。ちょうどそのとき、ネネトのまわりには人がいなかった。ネネトが勝手に宮殿内を走りまわっていたからだ。言ってみれば、不運な事故である。が、それは四六時中ネネトの横に誰かがついているという態勢が確立されていなかった証しでもあった。

ジョハルタは、ネネトの民。何があろうと、ネネトを守る。

その誓いは、幻と化した。

意図のあるなしは関係ない。現実にネネトは負傷した。ジョハルタは、彼女を守りきれなかった。そこが、リッキーと違う。

「ざまあ、ないね」リッキーは言葉を返した。「ボディガードが依頼主に運ばれている」

そして、にやりと笑った。今度は笑顔になった。最初のショックが薄れ、重傷は重傷なりに、安定を取り戻しつつある。負った火傷《やけど》の痛みが、逆にリッキーを覚醒させている。

タロスを先頭に、四人は通路を進んでいた。破壊された扉の奥は、ひとけのない通路になっている。壁と天井に張られた発光パネルが白く輝く、なんの変哲もない通路だ。

タロスは後方を気にしていた。あの部屋にいた兵士は全滅していない。当然、逃げた四人を追ってくる——はずだ。追ってきたら、ミサイルをぶちこむ。狭い通路では逃げ道がない。

通路はしんと静まりかえっていた。

誰も追撃してこない。

四人は、なんら妨げられることなく、淡々と前に進む。

どういうことだ？

タロスが思ったそのとき。

通路の床が落ちた。

がたんと傾き、ななめになった。

2

古典的な落とし穴だった。

なんてえこったい。

落下しながら、タロスはあきれている。

たしかに、こういうオーソドックスなやり方がいちばん効果的だ。確実性が高く、失敗がない。

落とし穴は垂直の穴ではなく急角度で傾斜していた。まるで、すべり台だ。まっすぐで、カーブなどはしていない。三十度は、十分にある。滑落《かつらく》だが、体感的には墜落に近い。思わず足を壁にこすりつけ、減速させようとしてしまう。

「リッキー」

ネネトがリッキーにしがみついた。ミッサはいない。バランスを崩し、どこかでリッキーから離れた。おそらく、リッキーとネネトの後方にいるのだろう。とはいえ、振り返ってうしろを確認する余裕は、ネネトにも、リッキーにもない。

とつぜん。

光が失《う》せた。

斜路全体が、闇に包まれた。

闇の中を四人が滑り落ちていく。ネネトが悲鳴をあげる。リッキーはしっかりと彼女のからだを抱きしめ、いざというときに備えた。自分の怪我のことなど、かまってはいられない。いまネネトが頼りにしているのは、リッキーだ。リッキーには何よりも彼女の安全を確保する義務がある。

傾斜がゆるくなった。少しずつ角度が浅くなりはじめた。

それにつれて、滑降速度が遅くなる。

数百メートルは、たしかに移動した。予想以上に長いすべり台トンネルだ。

タロスはとまどっていた。

どうにも、敵の考えが読めない。

「遊んでいるのか？」

思わず、つぶやいてしまった。皇帝というのは、相当な奇人らしい。悪逆非道で鳴らし、趣味も、かなり悪いという。人が無惨に死んでいくのを見るのを至上の歓びとしているという噂《うわさ》も耳にした。捕まえた獲物《えもの》で、このように遊ぶなどというのは、かれにとってふつうのことなのかもしれない。無駄とか無意味といった言葉は、皇帝の辞書にはないのだ。

「遊びだったら、許さねえ」

タロスは言った。

言った直後だった。

斜路が終わった。

床が消えた。

ふわりとタロスのからだが宙に浮いた。

数メートル、落ちた。放物線を描いた。低重力なので、のったりと落下する。闇の中なので、距離感がつかめない。しかし、勘で見当がつく。

金属音が響いた。ブーツの靴底が硬い床を打った。

着地した。片膝を折り、バランスをとる。そして、即座にレーザーライフルを構える。

背後から、鈍い音が聞こえた。

首をめぐらし、暗視鏡を双眸《そうぼう》にかぶせた。

ネネトをひしとかかえたリッキーが、床に転がっていた。

「生きてるか？」

小声で、タロスが訊いた。

「あたしはね」ネネトが答えた。

「でも、こっちは、わからない」

「腰と背中を打った」呻《うめ》きながら、リッキーが言った。

「なんでだよ？　バリヤーは、こういうとき役立たないのか」

「バリヤー？」

タロスの右頰が、小さく跳ねた。

何か違和感がある。

ネネトの力がリッキーに効かなかった。

またミッサが、ふたりから離れた。

それは、そういうことだ。

タロスはあらためてきびすを返し、暗視鏡で周辺を見まわした。

ミッサを探す。

いない。

右にも。左にも。数メートル先にも。

その姿がない。

いやな予感がする。不吉な感覚だ。急傾斜のすべり台通路ではあったが、あれは単純な一本道。迷ったり、行方を断ったりするような場所はない。ふつうに滑ってくれば、誰であろうと、必ずここに至る。

光が生じた。

とつぜん、周囲が明るくなった。タロスは反射的に暗視鏡を顔からむしりとった。自動調光機能があっても、ふいに強い光を当てられたら、瞬時、視界を奪われる。それを避けた。

「ええっ！」

声があがった。ネネトの声だ。驚愕している。

「こいつぁ……」

タロスは絶句した。あわてて上体をひねり、まわりの様子を確認した。

広大な空間が、眼前に広がっている。

直径は、ざっと見て数百メートル。円形の大フロアだ。頭上には、ドーム状の屋根がある。

タロスとネネトとリッキーは、その巨大円形フロアの中心にいた。

中心？

タロスはとまどいの色を見せる。通路がない。自分たちが滑落してきたあの長い通路はどこに行った。まさか、あれがチューブのようにここまで延ばされ、三人を放りだしたあと、どこかへ引きこまれたとでもいうのか。

もしもそうだとしたら、三人をここに運ぶためだけに、そんな大がかりな装置が用意されたということになる。

「リッキー」

タロスが視線を足もとに向けた。

そこに、ネネトとリッキーが倒れている。ネネトは上半身を起こした。

「しゃんとしたほうがいいぞ」リッキーにまなざしを据《す》え、タロスは言った。

「できなくても、するんだ。さもないと、やばいことになる」

「ああ」リッキーはうなずいた。

「しゃんとしてやるよ。俺らはクラッシャーだ。仕事は死ぬ気でやる」

「…………」

ネネトが自分の右腕をリッキーの左脇にさしこんだ。その力を借りて、リッキーは立ちあがった。

と、そのときを待っていたかのように。

声が響いた。

「よくきてくれたな。ネネト」

顔が浮かびあがった。

ドーム状に彎曲《わんきょく》する天井一面だ。そこに、映像が入った。

映しだされた顔は。

「ルキアノス一世」

タロスが言った。

「あっちにいるよ」

ネネトが左手を前方に突きだした。

フロアの端。床面から十メートル以上高くなった場所だ。

そこに壁から突きだすようにテラスが張りだしている。テラスの上には、金色《こんじき》に輝く玉座が据えられている。

ひとりの男が、玉座に腰を置いていた。

ゴーフリーの皇帝、ルキアノス一世だ。

オレンジ色のチュニカに、華《はな》やかな刺繡に彩られた白と緋色《ひいろ》のトーガを重ねている。

頭には王冠を載《の》せ、右手に儀仗《ぎじょう》を持つ。その背後に立っているのは、宰相のガランドだ。

しかし、タロスもネネトも、その顔は知らない。

「ネネトをここまで無事につれてきてくれたクラッシャーの諸君にも謝辞を贈りたい」

ルキアノスはつづけた。

「きみたちの献身的な奉仕により、わたしはネネトを殺さずにすんだ。感謝する」

映像の口が動いた。口の端に、皮肉な微笑がある。

「くそったれ」

タロスがうなるように言った。

「もちろん、我が忠実なしもべの協力にも賞賛の言葉を与える」

ルキアノスは儀仗を軽く振った。

その横に、すうっと人影がせりあがってきた。

「なに？」

「えっ？」

タロスとネネトが、同時に驚愕の声を発した。

小柄な人影だった。肩を丸め、視線を足もとに落としている。

「ミッサ」

ネネトが言った。

そう。

ルキアノスの脇にあらわれ、立ったのは、ミッサであった。

ついいましがたまで行動をともにしていたミッサが、なぜか玉座の横にいる。

「どういうことだよ」

リッキーが言った。

「わかった！」ふいに、ネネトの声が高くなった。

「ダイロンにひそんでいた皇帝の家来が、ミッサの母親を捕まえたんだ。それで、ミッサは皇帝の言うことをきくしかなかった」

「ほお」ルキアノスが、前方へとわずかに身を乗りだした。

「これだけ離れていても、それがわかるか」

「わかるよ」ネネトは胸を張った。

「ミッサとは、心がつながっているんだ」

「しかし、いままで、それを知ることはなかった」

「あたしが遠慮していたんだ。わざと見ないようにしていたんだ。他人の心の中を勝手に覗《のぞ》くなんて、あたしは好きじゃないんだよ」

「それが、裏目にでたな」

「お許しください」

ミッサが膝を折った。両手を床につき、深々と頭を下げた。涙が頬を伝い、しずくとなって、あごから落ちた。

3

「ここにくるまで、わたしは忠実にネネトに仕えてきました」ミッサは言う。

「いかなるときでも、ためらうことなく、ネネトの力を揮《ふる》ってまいりました」

「たしかに、そのとおりだ」タロスが低い声で言った。

「あのバリヤーは、本物だった。あれがなかったら、俺たちはとうに全滅していた」

「ミッサがやったのは、自分の居場所を皇帝に伝えることだけだったんだ」ネネトが言った。

「それ以外は何もしていない」

「まさしくそのとおり」にやにやと笑い、ルキアノスが言葉を割りこませた。

「だが、情報としては、それで十分だった。我が精鋭部隊〝デュアブロス〟が、おまえたちのもとに至るためには」

「…………」

「幸運にも、ネネトの力の庇護《ひご》により、おまえたちは生き延びることができた」皇帝は、言を継ぐ。

「しかし、ネネトの力は、もはやない。ここにいるジョハルタはミッサひとりだ。そのひとりが、いま存在を絶たれる」

「！」

ルキアノスの右腕が動いた。儀仗を握った手だ。それを水平に薙《な》いだ。ミッサは、皇帝の真横にいた。儀仗ではなく、皇帝の肘《ひじ》が、ミッサの首すじを払った。

血しぶきがあがった。

皇帝の腕が光った。

三日月形をした銀色の光だ。

電磁カッター。

ミッサの首が飛んだ。

音もなく、電磁カッターはミッサの頸部を掻《か》き切った。

宙を舞うミッサの頭部が、ドームのスクリーンに大写しになった。

口が動く。ゆっくりとひらき、閉じる。

「申し訳ありません」

口は、そう言っていた。

サイボーグ。

皇帝自身もまた、その身がサイボーグ化されていた。

「てめえ」

タロスがぎりっと奥歯を噛み鳴らす。

「ミッサ!」

ネネトが叫んだ。

叫んで、全身をがたがたと震わせた。

そのからだが、輝きを放つ。青白いオーラが、放射状に広がる。

ネネトの力だ。超絶の力が、いま肉眼で見えるほどに激しく湧きあがっている。

だが、それは戦うための技にならない。

ネネトの力は、ネネトの民によって具現化する。ジョハルタがいないところで、どれほど強いネネトの力がほとばしろうとも、それはただの淡い発光としてしか認識されない。

「これは、みごとだ」

ルキアノスが手を打った。

「すばらしい力でございますな」

皇帝の耳もとに唇を寄せ、ガランドが言った。

「なんとしても、この力をわたしのものとせよ。いかなる手段を用いてもよい。怒りがネネトの力を増大させるのなら、そこにいるクラッシャーをネネトの眼前で傷つけろ。

それで足りなければ、ダイロンを焼き払うという手もある。住民ひとりひとりを、じわじわと焼き殺すのだ。そして、そのさまをネネトに見せつける。何をしてもかまわん。ネネトの力の入手に関しては、すべての策を許す」

「承知いたしました」ガランドは頭を下げた。

「それにつきましては、おもしろい趣向を用意しております。ザックスが主役をあいつとめますので、存分にお楽しみください」

「趣向か」ルキアノスの相好《そうごう》が、さらに崩れた。

「さすがにガランド、そつがない」

「恐れ入ります」

「すぐに準備をせよ。長くは待たんぞ」

「はっ」

ルキアノスが儀仗を振った。

ドームの映像がブラックアウトした。

九時間ほど、時間を戻す。

ジョウとアルフィンが、〈ミネルバ〉の前に到達したころだ。

ふたりは、ジョハルタから高速イオノクラフトを借りた。ガレオンは谷底に放置した。

他のジョハルタをダイロンに帰し、モロトフひとりがクラッシャーについてきた。

「ネネトの力は、まだ失われていない」〈ミネルバ〉の船体を見上げ、モロトフが言った。

「だから、わたしが同行する。その上で、この船を守ってきたジョハルタも、ダイロンに帰還させる。ネネトをさらったいま、皇帝はダイロンへの攻撃をこれまで以上に激しくするはずだ。われわれは、総力を挙げて、その攻撃を跳ね返す」

「ネネトの力ってのは、どれくらいの距離まで届くんだ?」

ジョウが訊いた。

「わからない」モロトフは首を横に振った。

「だが、古い言い伝えによるものだが、テラの裏側にいるジョハルタが、ネネトの力を用いて敵を撃ち破ったという記録が残っている。ネネトとジョハルタとの距離はそれほど気にやむ必要がないようだ。それよりも、ジョハルタの力の及ぶ範囲のほうが狭い。地上から百メートルも上昇したら、いま張られているバリヤーは完全に無効になる。それがゆえに、わたしが一緒に行く。とはいえ、例のドームで増幅されていないので、わたしひとりの力ではこの船全体をカバーしきれない。それについては、きみたちの武装と操船技術でなんとかしてほしい」

「まかしといて」アルフィンが胸をぽんと叩いた。

「あたしのナビなら、絶対に安心よ」

「早く行こう」

ジョウがアルフィンと目を合わさず、モロトフに声をかけた。

「そうだな」

モロトフも、そそくさときびすを返した。

「どーいうことよ！」

あっという間にアルフィンの前からふたりが消えた。

ジョウとモロトフが〈ミネルバ〉の操縦室に入った。三十秒ほど遅れて、アルフィンもやってきた。表情が険しい。ふくれっ面である。

ジョウが主操縦席につき、白布の頭巾《ずきん》をとったモロトフが副操縦席にすわった。アルフィンはいつものとおり、空間表示立体スクリーンのシートだ。

「で、どこへ向かうの？」

やや尖った口調で、アルフィンが訊いた。行先が決まらないと、航法士は仕事がはじまらない。

「ネネトを感じている」目を閉じ、コンソールの上で両手の指を組み合わせ、モロトフが言った。

「少しずつ遠ざかっているが、まだそれほど離れてはいない。追跡は可能だ」

いだろう」

ジョウは素早く発進準備を完了させた。リッキーのかわりに、ドンゴが動力コントロールボックスにもぐりこんでいる。

エンジンを始動させた。出力を一気にあげた。

離陸した。

〈ミネルバ〉が、垂直に舞いあがる。やや強引な操縦だ。のんびりしている余裕は、いまのジョウにはない。

高度一万メートルに達した。

水平飛行に移る。

「北東方向。まっすぐに飛行している」

モロトフが言った。

「二時間で追いついてやる」ジョウが言った。

「フライヤーは速度が遅い。この程度の差なら、簡単に詰められる」

「その前に着陸しなければいいんだけど」

アルフィンがぶつぶつつぶやく。

その不吉な予想が的中した。

追いつく前に、ネネトの移動が終わった。

漠然とした感じでしかわからないが、着陸したとおぼしき地点には、帝国宇宙軍の軍事基地がある。それも、ひとつやふたつではない。当該地域一帯に、いくつかの基地が点在している。そのどこに降りたとしても、近づくのは極めて危険だ。〈ミネルバ〉一隻で、基地ひとつを相手にすることはできない。武装した軍事衛星といういやなものも存在している。

どうするかをモロトフと話し合った。まずはネネトの位置を正確に探るのが先という結論になった。

大きな弧《こ》を描いて〈ミネルバ〉を旋回させ、モロトフが意識をネネトに集中させる。接近できないため、回転半径は数百キロに及ぶ。

三周目の途中だった。

「いかん」

とつぜん、モロトフがくわっと両の目をひらいた。

「どうした？」

ジョウが問う。

「また、ネネトが動きだした」

「フライヤーか？」

「違う。もっと速い。力の流れが急速に変わる。これは……」

「これは？」

「遠ざかっていく。地上から」

「熱源を捕捉」アルフィンが言った。

「宇宙船だわ。間違いない。基地のひとつから発進。追跡は可能」

三次元レーダーは映像が乱れていた。ジャミングだ。軍事基地周辺ではよくあることである。

「宇宙へ行くのか！」

呻《うめ》くように、モロトフが言った。

「どこへでも行くがいい」ジョウは熱源探査映像スクリーンを睨《にら》み据《す》えた。

「銀河の果てでも、追っていく」

操縦レバーを握りしめた。

うねるように反転し、〈ミネルバ〉は上昇を開始した。

4

成層圏を抜けたところで、レーダーが回復した。

ということは、〈ミネルバ〉による追跡も、向こうに察知されているということになる。

　ジョウは帝国宇宙軍の攻撃に備え、迎撃システムを臨戦状態にセットしていた。追跡対象である宇宙船をロックし、自動航行装置に操縦をまかせて、自分はトリガーレバーを握る。どこから攻撃されても、即座に対処できる。

　しかし、攻撃はまったくない。

「どういうことだろう」

　二時間が経過したところで、モロトフがうなるように言った。

「向こうとの距離は、八千キロ弱だ」ジョウが言った。

「追跡船の存在どころか、その船が〈ミネルバ〉であることも承知している。それは間違いない」

「わざと追わせているというのか？」

「まさか、あの船がおとり？」

　アルフィンが言った。さすがにもう声音《こわね》に不機嫌な響きがない。ようやく無視されたことへの怒りが鎮まったようだ。

「それはない」モロトフが、かぶりを振った。

「ネネトは、たしかにあの船に乗っている。力の波動が、わたしにそれを教えている。おとりの宇宙船にネネトを乗せておくはずがない」

「となると、理由はひとつだな」

ジョウがモロトフを見た。モロトフも、ジョウに視線を向けた。

「俺たちを誘っているんだ。あの船が行き着く場所に」

「なんのため？」

「わからない」アルフィンの問いに、ジョウが答えた。

「しかし、ついていけば、わかる。それは、はっきりしている」

「そんなの、はっきりしていても、うれしくない」

「それより、アルフィン」ジョウは背後を振り返った。

「針路予測をやってくれ。このコースのまま進むと、どこに至るのか、それを知っておきたい」

「もうやってるわ」アルフィンが得意げに微笑んだ。

「いくつか候補がでているの。そのデータをメインスクリーンに映すから、見てくれる？」

「もちろんだ」

ジョウはうなずいた。

メインスクリーンに航宙図が入った。

中央にゴーフリーの第五惑星、スオラシャがある。そのスオラシャの周囲を三つの衛星がめぐっている。スサボ、ナルガブ、エキドナの三衛星だ。

「惑星のサイズに比べて、衛星がかなり大きい。数も多い」ジョウが言った。

「重力的に、けっこう影響があるんじゃないかな」

「ないということはない」モロトフが言った。

「しかし、大陸ごとに大型の重力場発生装置などを使って対処をしている。大がかりなものではないが、これも一種のテラフォーミングだ。とはいえ、それも完璧ではない。移住者の中には、政府の対応の鈍さに不満を持つ者も少なからずいた。それが、ルキアノスによるクーデターの遠因にもなったと言っていい」

「住民のささやかな不満を最大限に利用したのね」

「地震、台風などの自然災害が頻発《ひんぱつ》した年があったのだ。三衛星の軌道があるパターンにはまったときに、そういう災害が起きやすくなる。学者連中が警告をだしていた。だが、政府はそれらの状況に対し、事前に手を打つことができなかった。クーデターが起きたのは、その翌年だ」

「衛星には、どれも軍事施設や基地が置かれている」

ジョウが、スクリーンに表示されたデータを読んだ。

「すべて、皇帝が指揮して建設させたものだ。いざというとき、これらの施設が衛星の軌道をコントロールし、災害を防ぐという名目で」

「すごい話だな」

ジョウの目が丸くなった。

「でかいスオラシャをなんとかするよりも、小さい衛星を適切に動かしたほうが、対策として合理的だとか、そんなことを言ってたはずだ。お抱え科学者を総動員してのキャンペーンだった。説得力は、ものすごくあったぞ。少なくとも、ゴーフリー国民の八割くらいは、それを頭から信じた」

「エキドナの施設のデータが、ほとんどない」ジョウがスクリーンの端を指差した。

「これも軍事基地なんだろ」

「さあ」

「さあ？」

「エキドナの情報は非公開だ。他の衛星よりも小さくて、スオラシャへの影響が少ない。だから、ここには軍の重要施設を建設した。わかっているのは、それだけだ」

「先行する宇宙船のコースだが」ジョウはコンソールのキーを片手で叩いた。

「エキドナの軌道と交差している。星域外を目指しているのでないのなら、ここに向かっていると判断しても、問題はない。少なくとも、確実にエキドナへ立ち寄ることのできるコースだ」

「ふむ」

モロトフは小さく鼻を鳴らした。

「あたしも、エキドナが怪しいと思ったわ」アルフィンが言葉をはさんだ。

「そのコース、先に進めば、第七惑星の軌道とも交差するようになっている。でも、微妙にジャストコースじゃない。すこーしずれている」

「仮に目的地がエキドナとして、到着予定時刻は何時間後になる？」

ジョウがアルフィンに訊いた。

「標準時間で、あと五時間半くらいってとこ」

「休憩をとることができるな」

モロトフがジョウを見た。

「いや」ジョウは首を横に振った。

「いまの状態を継続させる。誘っているというのは、あくまでもこちら側の勝手な予測だ。攻撃がないとは言いきれない。不意打ちをくらう可能性は相当に低いと見たが、ゼロと断定する度胸もない」

「たしかに」薄い笑みを、モロトフは口もとに浮かべた。

「そんな度胸のあるやつに操縦をまかせるのは願い下げだ」

そして。

緊張の五時間半が経過した。

読みは当たった。

先行する宇宙船が、着陸態勢に入った。

エキドナの周回軌道に乗る。

直径一千キロの小さな衛星だ。

センシングをかけてみた。ジャミングがかかっていて、通信はできない。

地表は岩盤で完全に覆われている。大型の建造物は存在していない。しかし、人工物とおぼしき反応は処々にある。

「中をくりぬいたんだろう」ジョウが言った。

「地上に露出しているのは、トンネルの入口だ」

「いかにも秘密基地って感じね」

アルフィンが言った。

「自称皇帝の好みそうな仕掛けだ」

メインスクリーンの映像は、また熱源探査のそれに戻っている。中央やや右寄りにある光点が先行する宇宙船だ。すでにエキドナ表面まで数百メートルと迫っている。

とつぜん。

光点が消えた。

「位置をフィックス」

「了解」

ジョウの言葉に、アルフィンが応えた。

「着陸するのか？」

モロトフが訊いた。

「向こうが許してくれるのなら」

「あっ」

アルフィンが小さく声をあげた。

「どうした？」

「ジャミング解除」

電子音が鳴った。通信規制を外し、誰かが通信で〈ミネルバ〉を呼びだしている。

誰かとは。

帝国宇宙軍の誰かだ。

ジョウは反射的に回線をひらいた。

通信スクリーンに映像が入った。

いかつい男の顔が、画面いっぱいに浮かんだ。

この顔には見覚えがある。

「クラッシャーの船だな」

男が言った。声が若い。見た目は年齢不詳《ふしょう》だが、声のトーンから判断すれば、せいぜい二十代前半。もしかしたらまだ十代かもしれない。

「チームリーダーのジョウだ」

応答した。ジョウが名を告げた。

「俺はザックス。皇帝直属の剣闘士だ」

「剣闘士のザックス」

そうだ。この男だ。と、ジョウは思った。谷底でケデメルを襲い、たったひとりで地上装甲車と互角《ごかく》に渡り合ったサイボーグ戦士。赤外線映像でちらりと見ただけだったが、男の顔ではなく、その鋭い眼光がジョウの記憶にはっきりと残っている。

「そのまま前進しろ」ザックスは言を継いだ。

「エキドナホールへの来訪を歓迎する」

「着陸を許可するのか？」

「そうだ」

ザックスは小さくあごを引いた。

「なんのために？」

「くれば、わかる。それとも、このましっぽを巻いて逃げ去るか？　ネネトと仲間を捨て、逃走するか？」

「答えは、最初から決まっている」ジョウは言葉を返した。

「招待に応じよう」

「内部《なか》で待っている」

通信が切れた。スクリーンからザックスの顔が失せた。

「ビーコンを確認」

アルフィンが言った。

「着陸する」

ジョウはトリガーレバーを倒し、操縦レバーを握った。

〈ミネルバ〉が衛星への降下を開始した。

5

高度が五百メートルを切った。

エキドナの地表で変化が生じた。隕石《いんせき》によってできたクレーターのひとつが、地下基地への入口になっていた。その扉が内側に折り畳まれ、ひらいた。

ビーコンは、その扉の奥から発信されている。

「ネネトの船の反応が消えたのも、この地点よ」

アルフィンが言った。

「クレーター内に進入、着陸する」

ジョウがレバーを操作した。垂直降下態勢に、〈ミネルバ〉が入った。依然として、攻撃はない。完全にフリーパス状態である。

扉をくぐった。

巨大な円筒形の空間が、地の底に向かって長くつづいている。照明が〈ミネルバ〉の船体を照らしだし、周囲が白く輝いている。

扉が閉まった。

空間がエアーで満たされていく。

下方に、もうひとつ扉があった。〈ミネルバ〉の接近を感知し、それが今度はひらいた。

さらに降下をつづける。

「着陸目標を確認」

アルフィンが言った。

メインスクリーンには離着床であることを示す、円形マークが映しだされた。直径は百メートル。赤いラインで床に描かれている。

その中心部へと、〈ミネルバ〉が降りる。

ランディングギヤをだした。

ゆっくりと着地する。

エンジンが停止した。

「着いたぜ」

モロトフに視線を向け、ジョウが言った。

「ネネトを感じる」再び目を閉じ、低い声でモロトフが言った。

「かなり近い。衝撃。哀しみ。狼狽《ろうばい》。いつにない、乱れた感情が混じっている。だが、力に揺るぎはない。ネネトの力が、わたしの裡《うち》に流れこんでくる」

「ジョウ。見て！」

アルフィンがメインスクリーンを指差した。

メインスクリーンには、〈ミネルバ〉の周囲がマルチ画面に切られて映しだされている。

そのうちのひとつ。右ななめ前方の壁を捉えた映像に動きがあった。

壁の一部が横にスライドした。

大きなドアになっている。

ひらいたドアから。

兵士があらわれた。

ハードスーツで完全武装した兵士たちだ。ひとりやふたりではない。陸続と、この円筒形の空間に進みでてくる。大型のビームライフルを構え、頭部もヘルメットで隈《くま》なく覆われている。表情どころか、性別すらもわからない。

「何人いる？」

モロトフが訊いた。

「ざっと五十人ってとこかしら」

アルフィンが答えた。

「〈ミネルバ〉で撃ちまくったら、三秒で片づけられる」

ジョウが言った。

「しかし、それをしたら、向こうも船ごとわたしたちをつぶす。前にも言った。いまここにいるジョハルタは、わたしひとりだ。船全体をカバーすることはできない。どこかにひそませている大型火器で機関部をぶちぬかれたら、三秒で船が爆発する」

モロトフが肩をすくめ、言った。

「俺たちはザックスに招待されて、ここにきた」ジョウがシートのセイフティを外し、立ちあがった。

「この兵士たちを蹴散らし、俺のもとにこい。あいつはそう言っている。あのドアは、あいつのところに行く入口だ。門番どもをねじ伏せ、あそこを駆け抜けて、俺たちはザックスのいる場所に行く。ネネトを奪い返すのは、そのあとだ」

「必ずネネトを奪還してくれるか？」

モロトフが首をめぐらした。双眸《そうぼう》がジョウを見据えた。

「当然だ」ジョウはきっぱりと言いきった。

「奪い返し、彼女を病院船まで送り届ける。それが俺たちの仕事だ。何があろうと、やりとげる」

「その言葉、信じよう」

モロトフも、シートから腰をあげた。

くるりときびすを返し、歩きはじめた。

「どこへ行く？」

「わたしがすべて引き受ける。ハードスーツの兵士たちは」

「なに？」

「誤解するな」足を止めてうしろを振り返り、モロトフはにやりと笑った。

「無駄な戦いを避けてもらいたいだけだ。きみにはきみの仕事がある。それを完遂《かんすい》してもらうために、わたしはわたしの役割を果たす」

「相手は五十人だぞ」

「ネネトの力を見くびるな。五十人だろうが、百人だろうが、ザックスのような化物でなければ、わたしには同じだ。誰ひとり、きみたちのあとを追わせたりしない」

「でも……」

空間表示立体スクリーンのボックスからでてきたアルフィンが、モロトフの横に立った。

「がむしゃらに行ってくれ」モロトフは言葉をつづけた。

「わたしのことは忘れろ。絶対に気にするな。何が起きようと無視しろ。これはクライアントからの正式な要請だ」

「そんな要請があるのか」

「もちろん、ある」モロトフが、また歩きだした。

「ダイロンでは、それで通用する」

ドアがひらいた。

「アルフィン」ジョウが言った。

「クラッシュパックを背負え。武器を持て」

「ジョウ」

「外にでたら、一気に突っ走る。背後は振り返らない。何がなんでも、最短距離で進み、あのでかいドアをくぐる。遅れたら、カバーできない。死ぬ気でついてこい」

「いいわ」アルフィンは強くうなずいた。

「望むところよ。知ってた？　あたし、すごく足が速いの」

「期待しているぜ」

〈ミネルバ〉の底部ハッチが静かにひらいた。宇宙空間での整備活動で用いられる小さなハッチだ。そこから、まずモロトフが飛びだした。つぎにアルフィン。そして、ジョウがしんがりをつとめた。

〇・二Gの低重力だ。数メートルの落差があるが、三人は気にせず、ふわりと飛んだ。モロトフのまとう白い布が、天幕のように大きくひるがえる。

床に降り立った。

と同時に。

モロトフが疾《はし》った。

低重力を生かし、弧を描いて跳んだ。

向かう先には、壁のドアがある。

「！」

そのあとを、ジョウが追った。さらに、その背後にアルフィンがつづく。

ハードスーツの兵士たちが反応した。ジョウとモロトフとの間には、少し距離があった。わざとあけた距離だ。

先行するモロトフに兵士たちは気をとられた。ジョハルタであることを意味する白い布が、かれらの意識を釘づけにした。

ジョハルタは強い。ジョハルタは、帝国軍最大の敵。討つのなら、まずジョハルタから。

兵士たちには、ジョハルタの怖さが染《し》みついている。後続のふたりは眼中にない。あれはただの人間だ。しかし、ジョハルタは違う。神に選ばれし、ネネトの民だ。総力をあげてかからないと、してやられる。

五十人の兵士が、いっせいにモロトフをめざし、攻撃を開始した。

光条が乱れ飛ぶ。ビームが燦《きらめ》き、交錯する。

モロトフが体をひるがえした。

進路を転じた。急角度で左手に曲がった。

真正面に兵士がきた。

そのただなかに、モロトフは突入していく。ビームは、まったく当たらない。光条の軌道は、モロトフの眼前で歪み、それる。

モロトフは右の手にクォンを握っていた。兵士たちの手前数メートルの位置で、その右手を左右に薙《な》いだ。

力がほとばしる。目に見えぬ超絶の力。

「ぐわっ」

「がはっ」

兵士が数人、悲鳴をあげ、弾き飛ばされるように倒れた。ハードスーツの胸のあたりが、肉眼ではっきりわかるほどにべこりとへこんだ。

壁ぎわの一角が、騒然となった。

その騒ぎを横目に、ジョウがドアへと向かう。

ドアはひらいたままだ。約束どおり、ジョウはモロトフを一顧《いっこ》だにしない。モロトフもまた、ジョウのほうには一瞥《いちべつ》もくれない。

互いに互いを信頼している。ともに、やらねばならぬことを確実にやる。それだけだ。

ドアを通過した。

ジョウとアルフィン、ほとんど肩を並べている。

脇から兵士が三人、襲いかかってきた。ちょうど、その場にいあわせた兵士だ。モロトフを囲もうとしたところへ、ふたりのクラッシャーがきた。となれば、これを迎え撃つしかない。ジョハルタはあとまわしになる。

ジョウが発砲した。レーザーライフルの銃身を左腋下から突きだし、パルスで乱射した。

アルフィンもレイガンで応戦する。こちらは前方に高く身を投げ、一回転した。空中で天地逆さまになり、後方から接近してきた兵士をアクロバティックに撃った。

狙うのは、下半身の関節部。ハードスーツは火器に強い。厚い装甲プレートがビームを跳ね返す。例外は関節部だ。そこだけが、唯一の弱点である。

三人の兵士の膝、股関節を、ビームが灼いた。

兵士が動きを止める。ひとりはバランスを崩し、どうと倒れた。

アルフィンが着地した。ジョウから、少し遅れた。すかさずジャンプ。間合いを詰める。

ドアを通過した。離着床から脱した。

通路があった。まっすぐ、一直線につづいている。

追撃はなかった。

6

行手をさえぎられた。

ジョウとアルフィンが通路を走りはじめて、数分後のことだった。

いきなり床が割れた。ふたりの目の前だ。割れた床から、壁がせりあがってくる。

同じことが、ふたりの背後でも起きた。

　ジョウもアルフィンも、足を止める。床上にふわりと降り立ち、身構えた。ジョウはレーザーライフルを、アルフィンはレイガンを左右に振る。指はトリガーボタンにかけたままだ。

　壁が、ふたりの四方を完全に囲んだ。

　軽いショックがあった。

　床が沈む。

　下降を開始した。

　エレベータだ。

「どういうこと？」

　アルフィンが、ジョウに訊いた。

「合格したんじゃないかな」警戒の姿勢を崩さず、ジョウが答えた。

「ザックスの対戦相手として」

「いまのが、予選だったの？」

「皇帝の剣闘士か」

　ジョウは頭上を振り仰いだ。天井が遠ざかっていく。沈んでいるのは床面と四方の壁だ。壁の高さは五メートルほど。細長い箱の底に、ジョウとアルフィンは立っている。

　降下が止まった。

四方の壁が、床の中へと消えた。唐突に、視界がひらけた。

「！」

ジョウとアルフィンは、目を瞠《みは》った。

そこに広がっているのは。

「闘技場」

ジョウが言った。

直径数百メートルの巨大円形フロア。古代の意匠《いしょう》そのままに再現された、大コロシアムだ。ただし、頭の上に天空はない。蓋《ふた》がなされている。白っぽいドーム状の屋根だ。それで完全にふさがれている。

「あたし……これ……見たことある」つぶやくように、アルフィンが言った。

「王宮での授業。古代史のときにでてきた。テラのどっかにある遺跡。戦士と戦士が観客の前で戦う場所。なんとかって呼ばれてて……」

ファンファーレが音高く鳴り響いた。その音に、アルフィンの声が掻き消された。アルフィンはびくっとして、左右を見まわした。

正面、数百メートル先に門があった。よく見ると、ジョウとアルフィンのすぐうしろにも門がある。

門の奥から誰かがでてきた。

ゆっくりと歩を運び、前進してくる。距離があるので、細部は判然としない。しかし、それが人間の輪郭を持っていることは、はっきりとわかる。

男だ。背が高い。衣服をほとんど身につけていない。低重力だが、しっかりとフロアの床面を踏みつけて歩く。

ジョウがレーザーライフルの電子スコープを覗いた。

男の顔を確認した。

「やはりな」

低くつぶやいた。

「アルフィン」視線を男に据えたまま、ジョウは言葉をつづけた。

「どうやら、ここで立ち止まっているわけにはいかないみたいだぞ」

「え？」

首をめぐらし、アルフィンは右横にいるジョウを見た。

「ここは古代の闘技場だ」

「闘技場。たしか……コロシアム。そう！　コロシアムと呼ばれていた場所」

アルフィンの脳裏に、幼かったころの記憶が甦《よみがえ》った。ピザンの王女だったアルフィンは、王宮の中の仮想教室で、学業に励んだ。立体映像の中に浸《ひた》りきっての授業。あのとき、彼女のまわりにこの闘技場の光景が一気に広がった。それは、壁も床も柱も崩れかけた、廃墟のような映像だったが、いまは違う。このコロシアムは建設されたばかりだ。小さな衛星の地下空間に、ゴーフリーの皇帝ルキアノス一世は、古代の闘技場を鮮やかに再現してみせた。

「闘技場でおこなわれるのは、なんだ？」

ジョウが訊いた。

「決闘よ」アルフィンは答えた。

「鍛えぬかれたプロの剣闘士《グラディエイター》が殺し合いをするの」

「ザックスだ」ジョウは男に向かい、あごをしゃくった。

「皇帝直属の剣闘士。だから、俺たちをここに招いた。このコロシアムのセンターアリーナに」

「もしかして」アルフィンの頬がぴくぴくと跳ねた。

「あたしたち、あいつとここで決闘するの？」

アルフィンの意識内に浮かんだものが何か、ジョウにはすぐにわかった。

ひとりで地上装甲車に挑み、電磁カッターを揮《ふる》ってケデメルをスクラップに変えたサイボーグ戦士の姿だ。

恐怖が伝わってくる。

アルフィンが怯《おび》えている。

「行くぞ」

ジョウが言った。

足を前に踏みだした。

ザックスがくる。コロシアムの中央に向かって淡々と歩む。その目に映っているのは、クラッシャーのジョウだ。

応《こた》えなくてはいけない。でなければ、戦う前に敗北する。何もせず、首うなだれて逃げ去ることはできない。ジョウにはジョウの、クラッシャーにはクラッシャーの矜持《きょうじ》がある。

アルフィンがついてきた。無言でジョウの動きに従う。膝が震えるほど恐ろしい。だが、アルフィンもまたクラッシャーだった。

無限とも思えるほど、長い時間が経過した。

実際は、わずか数分だ。

ザックスがアリーナの真ん中に達した。

少し遅れて、ジョウとアルフィンもザックスとほぼ同じ位置に至った。

両者の足が止まる。

間合いは、約十メートル。この低重力下では、ないに等しい距離だ。一瞬の挙動で、ゼロになる。

「………」

無表情にザックスはジョウを見つめていた。動く気配はない。静かだ。が、それだけに不気味だ。何を考えているのかは、いっさいわからない。

「なるほど」唐突に声が響いた。

「これが、おもしろい趣向か」

「!」

ザックスの声ではない。かれは口を閉じていた。

ジョウは声の主を探した。

左真横。アリーナを白い壁が囲んでいる。その壁の、フロアから十数メートルのあたりに、半円形の大きなテラスがつくられていた。このコロシアムに、観客席はひとつもない。しかし、そのテラスには黄金に輝く玉座が置かれている。それが特別な人物のために用意されたVIPシートであることは、一目でわかる。そして、そこには人影があった。

そのような席に着く者といえば、この国にはただひとりしかいない。

ルキアノス一世。

皇帝陛下だ。

「さようでございます」

べつの声が、最初の声に答えた。

玉座にすわる皇帝の背後に、いまひとつ人影があった。

トーガ・プレテクスタを着て皇帝に仕えるその男は、宰相のガランドだ。

とつぜん。

ジョウがレーザーライフルを胸もとに引きあげた。銃口を玉座に向けた。

無造作にトリガーボタンを押した。

ビームが疾《はし》った。

光が散った。

ビームがそれ、弧を描く。皇帝の眼前、十数メートルのところで、光条が曲がる。曲がって、四散する。

バリヤーだ。

「当然だろうな」ジョウがにやりと笑った。

「対策もせず、おのれの姿を敵の前に平然とさらす独裁者はいない」

「ふむ」ルキアノスは小さく鼻を鳴らした。

「これがクラッシャーというやつか」

「また思いきりのいい」

ガランドの口もとには、薄い微笑がある。

「仲間とネネトをやつのもとに」ルキアノスは言を継いだ。

「おもしろい趣向を堪能《たんのう》しよう」

「はっ」

ガランドは右手を挙げた。

再びファンファーレが鳴った。

また、何かが起きる。

ジョウはレーザーライフルを構えたまま、上体をひねった。

これまでの成り行きからみると、ファンファーレは選手の入場を意味している。選手はふたつの門からアリーナにでてくる。ザックスがあらわれた門の向こうに、あらたな人影はまったくない。となると、もうひとつの門だ。それは、ジョウの背後にある。

きびすを返し、門を見た。

「タロス！」ジョウよりも先に、アルフィンが叫んだ。

「リッキーも、ネネトもいる」

そのとおりだった。

ひらいた門から三人の男女が出現する。

先頭に立っているのは、タロスだ。そのうしろにはリッキーとネネトが立つ。リッキーは負傷したらしい。顔に密閉テープが貼られている。プラスチックバンデッジだらけのネネトほどではないが、見た目は、けっこう凄絶だ。

「ジョウ！　アルフィン！」

タロスがふたりの姿を認めた。

認めてからテラスのルキアノスを睨み、大声で毒づいた。

「ちくしょうめ。こういうことだったのか！」

7

タロスとリッキー、ネネトの三人は、再び穴の底へと落とされた。

ミッサが皇帝によって惨殺された直後である。

三人の足もとの床が、大きくひらいた。

またも、単純極まりない落とし穴だ。

今度も途中からすべり台のように穴が傾斜していた。

穴は、すぐに終わった。

底に達した。

どさどさとからだが床に叩きつけられる。低重力でも、けっこう痛い。

「てててて」

傷だらけのリッキーが、堪《たま》らず呻き声をあげた。

「あんにゃろう」

罵《ののし》りながら、最初に立ちあがったのは、タロスだった。すぐ横では、ネネトがリッキーをかかえ起こそうとしている。

白い、箱のような部屋だった。縦横高さ三メートルずつの正立方体の箱の中。いつの間にか、天井も完全にふさがれている。

「牢獄かよ」

タロスが壁と天井を指で探った。ひやりとした感覚がある。軽合金だ。手持ちの火器で破れる素材ではない。

「お仕置きボックスだね」

ネネトが言った。

「なんだい、それ？」

リッキーが訊いた。

「ダイロンの宮殿にあった小部屋さ。いたずらすると入れられるんだ。ここよりはもうちょい広かったけど、何もなくて壁が真っ白なのが同じ」

「神の御使いが、お仕置きボックスに入れられるとはな」

タロスが苦笑した。

「ったく、ネネトをなんだと思っているんだか」

三人は、一時間以上をその箱部屋の中で過ごした。いい機会なので、タロスがリッキーの治療をした。クラッシュパックに納められている医薬品を用い、火傷の応急手当てをおこなった。傷に密閉テープを貼り、痛み止めを施すと、リッキーは目に見えて元気になった。これなら戦えるとタロスは判断し、手持ちの武器からショックバトンをリッキーに渡した。レイガンとショックバトン。このふたつがリッキーの得物だ。

「なんか、へんだよ」

いきなりネネトが言った。

「Gだ」タロスも異常に気がついた。

「部屋が上昇している」

上昇はすぐに止まった。

天井がひらいた。すうっと横にスライドした。

「でろって言ってるみたいだぜ」

リッキーが頭上にひらいた正方形の口を指差した。

「リクエストには応えてやる。それが紳士ってもんだ」

タロスが天井にひらいた穴の口に飛びつき、へりをつかんで自分のからだを引きあげた。

すぐに手を貸し、あとのふたりも箱部屋の外にだす。

それから、背後を振り返った。

「なんだあ、こりゃ」

最初にタロスの目に映ったのは、壮麗な門柱だった。

門がある。古代様式の、いかにも仰々しい石造りの門だ。

滑り落ちたトンネルの距離は、短かった。そのことから考えて、三人はまだあの巨大円形フロアの中にいる。それは間違いない。だが、あのフロアに、こんな大袈裟《おおげさ》な門柱はなかった。

門柱の向こうに人影が見えた。フロアの中心あたりにいるらしく、詳細がはっきりしない。

タロスが歩きはじめた。

「どこ行くんだい？」

ネネトが訊いた。

「あっちだ。誰かいる」

タロスはあごをしゃくった。

門をくぐった。

そして、そこにいるのが誰なのかを知った。

「いいように遊びやがって」

タロスは額に青筋を浮かべていた。かなり怒っている。ほとんど激怒状態だ。双眸は

テラスの玉座にすわるルキアノス一世に釘づけになっていて、そらそうとしない。

「とにかく、兄貴のところに行こうよ」

リッキーにそう言われて、我に返った。

数歩、進んだ。

そこで、足が止まった。

ジョウとアルフィンの前に、もうひとり誰かがいる。

それが誰か、わかった。

ザックスだ。

ケデメルを破壊した、超絶のサイボーグ。

皇帝の剣闘士が、ジョウと対峙《たいじ》している。

それを玉座から眺めているルキアノス一世。

「決闘見物か」

趣向とは何かが、いま完全に理解できた。

クラッシャーと剣闘士の死闘。ネネトを含めた、五対一のハンディキャップマッチだ。

タロスが、ジョウの横に並んだ。ネネトとリッキーは、アルフィンの脇についた。

「すばらしい顔ぶれだ」

天井に、皇帝の顔が大きく映しだされた。

「トップクラスのクラッシャーチームと、ゴーフリー随一の剣闘士が、わたしのためにおのれの誇りを懸けて戦いを繰り広げる。もちろん、武器、火器は存分に使っていい。ハンディをクラッシャーに与えたが、双方ともそれは気にするな。剣闘士は、ザックスひとりが殪《たお》れたとき、クラッシャーは四人すべてが反撃能力を失ったときに、それぞれ負けとなる。ネネトは……さて、どうしよう」

「あたしも戦うよ」

ネネトが叫んだ。

「威勢《いせい》がいいな」ルキアノスは相好《そうごう》を崩した。

「しかし、それは状況を見て決めよう。わたしはおまえの力がほしい。ネネト、おまえ自身ではないぞ。代々受け継がれてきたネネトの力。欲しているのはそれだけだ」

「やるもんか、あんたなんかに」

映像ではなく、玉座につくルキアノス本人を、ネネトはきっと睨んだ。

「好きにするんだな」ルキアノスは右手を軽く振った。

「わたしは、どちらでもいい」

「陛下、そろそろ」

ガランドがルキアノスの耳もとで囁《ささや》いた。

「うむ」皇帝は鷹揚《おうよう》にうなずき、腰をあげた。

「不敗の剣闘士、ザックス」

左手を挙げた。

「そして、勇気ある挑戦者、チーム・クラッシャージョウ」

左手を戻し、右手を挙げた。右手は拳を握った。

「試合を許す。存分に闘うがよい」

高らかに宣した。

つぎの瞬間。

ザックスが動いた。

ほぼ同時に。

タロスも動いた。

タロスは仕掛けるタイミングを待っていた。ザックスがサイボーグなら、自分もまたサイボーグである。しかも、サイボーグとしては、タロスのほうがはるかに先輩だ。能力差は、たしかにある。ザックスは国家規模で開発され、先端技術が惜しみなく投入された最新型のサイボーグだ。対するタロスは、改造後、すでに十年近くの日々を経た旧式のサイボーグである。

だが、そんなものは関係ない。

タロスは、そう思っていた。戦いは性能でやるものではない。工学的な技術差は、経験でねじ伏せられる。タロスは、それを証明しなくてはいけない。

戦闘開始の声がかかった。

リーダーはジョウだ。しかし、タロスはジョウの反応を待たなかった。意表を衝《つ》く。

そして、圧勝する。それにより、タロスはケデメルでの借りを返す。先輩としての貫禄《かんろく》を見せる。

ペンシルミサイルを発射した。

噴射煙に包まれ、タロスはダッシュする。間合いを瞬時に詰める。

ザックスの武器は、その両腕に仕込まれた電磁カッターだ。

それに応じられる武器も、タロスは用意していた。レイガンのホルスターとともに、腰に吊していた電磁ナイフだ。刃渡りは二十センチほどしかないが、パワー的には、ザックスの電磁カッターと大きな差がない。ただし、出力を全開にしたら、三十分でエネルギーチューブが切れる。

ミサイルが爆発した。

標的としてザックスをロックした上で発射したミサイルだが、一発も当たらなかった。

弾頭すべてを、ザックスが電磁カッターで切り裂いた。

爆風が広がる。重なり合う火球が、ザックスの姿を覆う。

渦巻く爆風の中へと、タロスが突っこんだ。

タロスが何かやる。

ジョウには予感があった。

タロスが一方的にやられっぱなしで引きさがるなんてことはありえない。これまで、タロスはやられたら、必ずやり返してきた。

予感どおりの展開になった。

タロスが先制攻撃を放つ。

となれば、ジョウはそのサポートにまわるのがセオリーだ。

床に身を投げた。右に飛び、肩口からスライディングした。レーザーライフルを構え、腹ばいになって、ジョウは床の上を滑っていく。

狙うのは、ザックスの足だ。くるぶし、ふくらはぎ、膝。ビームで薙《な》ぎ払う。

弾幕が割れた。

電撃が散った。

8

ザックスの電磁カッターとタロスの電磁ナイフが、激しく交差していた。

打ちかかったのはタロスだった。それをザックスが右腕で受けた。

顔と顔が近い。二十センチと離れていない。ともに前進したため、間合いは瞬時にゼロとなった。

「けっ」

つばぜり合いのまま、タロスがロケット砲を撃った。この距離でこの攻撃は正気の沙《さ》汰《た》ではない。だが、こういう戦法でないと、ザックス相手では勝負にならないことを、タロスは知っている。

ザックスが後方に飛びすさった。電磁カッターの閃光がまばゆく燦《きら》めいた。

ロケット弾が爆発する。自爆覚悟のタロスは、強引にザックスを追う。

光条がほとばしった。

タロスの足もとを抜け、一条のビームが、ザックスの右足をかすめた。

ジョウだ。ジョウのアシストだ。

「！」

コンマ一、二秒、ザックスの動きが乱れた。ちょうどそのとき、右足はザックスの軸足となっていた。

爆風に灼かれながら、タロスが突き進む。電磁ナイフを高くかざし、ザックスに迫る。斬りかかった。

切っ先がザックスの首すじを嘗《な》めた。皮膚をわずかにえぐった。

跳ねるように、ザックスが左側へとまわりこむ。低重力を生かした足運びだ。

その行手には。

アルフィンがいる。

ネネト、リッキー、アルフィンがひとかたまりになっていた。リッキーはネネトにほとんど密着し、その身をしっかりとガードしている。アルフィンはリッキーの前に立ち、ヒートガンをザックスに向けて構えている。

そのアルフィンめがけて、ザックスがジャンプした。

「ちいっ」

タロスが舌打ちする。奇襲を二度つづけてかわされた。それどころか、逆にタロスの予測にない動きをザックスが見せた。タロスはそれに反応できない。

「こないで！」

アルフィンがヒートガンを連射した。トリガーボタンをつづけて押した。

火球がつぎつぎと飛ぶ。距離は七メートル弱。通常なら、外す間合いではない。ザックスが火球を受け流す。直径三十センチにも及ぶ高熱プラズマボールだ。それがこの至近距離で、ひとつも当たらない。

アルフィンに電磁カッターが振りおろされる。アルフィンは、それを止められない。反射的に手にしたヒートガンを眼前に突きだす。

ジョウがきた。

タロスがザックスに斬りかかった瞬間、ジョウは体をひるがえしていた。タロスが抜かれた場合に備え、あらたな位置を確保しようとした。

ジョウは高く跳ぶ。めざすのはザックスの頭上だ。そこがかれの死角になっている。

アルフィンに光の刃が届こうとする刹那《せつな》。

ジョウがレーザーライフルのトリガーボタンを絞った。ビームはパルスモードに切り換えている。

パルスビームは、ただ標的を灼くだけではない。衝撃波で標的そのものを破壊する。一秒間に数十発というビームの破片が、あらゆる物質をこなごなに打ち砕く。

ザックスが体をひねった。

アルフィンへの攻撃をやめ、振り返ってななめ上方を見る。

そこに、ジョウがいた。

パルスビームが放たれた。
左右の手を高く掲げ、ザックスは電磁カッターでパルスビームを受けた。
叩きこまれる断続的なビームが限定的な小爆発を引き起こす。
「ぬおっ」
ここで、はじめて、ザックスは声を発した。
ぐらりとからだが揺れる。
その背中で。
火球が弾けた。
ヒートガンの火球だ。
アルフィンが撃った。
ジョウの攻撃と同時に、アルフィンは態勢を立て直した。
うろたえている余裕はない。何よりもまず、自分の役目を果たす必要がある。いまは
決闘の真っただ中だ。
火球が帯状に変形した。
うねり躍る炎の帯だ。
ザックスが回転した。
まわる？　人間が？

フィギュアスケートの選手やバレエのダンサーではない。そこにいるのは、殺戮《さつりく》兵器と化した剣闘士だ。

ザックスはかかとのノズルを使った。

圧縮したエアーを吹きだす超小型のノズル。それがザックスの体内に埋めこまれたバランサーと連動し、尋常ならざる速度でザックスの肉体を回転させる。

風が生じた。その風に炎がのる。まるで小さな竜巻《たつまき》のようだ。

「こざかしいマネを」

タロスが追いついた。ザックスにかわされたあと、あわてて向きを転じ、ザックスを追った。

グレネードを射出した。これが最後のパッケージだ。

着地したジョウと、ヒートガンを撃ちまくるアルフィンが、後方に退った。

竜巻に、グレネードが巻きこまれる。

爆発した。

回転は止まらない。ザックスはまわりつづけている。

効かないのか？

タロスがそう思ったとき。

ザックスが反撃の火蓋《ひぶた》を切った。

全身のそこかしこに内蔵された数種の火器。

ビーム砲。マシンガン。小型ブラスター。

それらを斉射した。

回転しながら撃つ。狙いなど、つけない。周囲にあるものすべてが、ザックスの標的だ。

「はうっ」

アルフィンが銃弾に薙《な》ぎ倒された。

「ぐわっ」

タロスはブラスターの一撃を浴びた。

甲高い音が響く。

ジョウの手から、レーザーライフルが飛んだ。ビーム砲に灼かれ、機関部が破裂した。

竜巻が疾る。ザックスを包囲しようとしていた三人のクラッシャー。だが、三人は一気に蹴散らされた。

ザックスが回転を止めた。

その位置は。

リッキーの目の前だ。

リッキーはレイガンの銃口をザックスに向けた。ささやかな火器だが、この近距離だ。

急所に命中すれば、なんらかの効果がある。

ザックスの右手が、レイガンの銃身を握った。

レイガンがぐしゃりとつぶれた。

「わっ」

リッキーの顔がひきつる。

レイガンを握ったまま、ザックスが腕を振った。リッキーのからだが宙に舞った。頭が下になる。反転して、床に落ちる。

「リッキー！」

ネネトが悲鳴に似た声をあげた。

リッキーは横ざまに倒れた。側頭部をしたたかに打った。鈍い音がネネトの耳朶《じだ》を打つ。

「リッキーぃぃぃぃ！」

ネネトの声が絶叫になった。

「どこへ行く？」タロスが突進してきた。

「てめえの相手は俺だ。そんなガキじゃねえ」

電磁ナイフを袈裟懸《けさが》けに斬りおろした。

それをザックスは左腕の電磁カッターで払う。

タロスがザックスの腰を蹴った。

ザックスは微動だにしない。

逆襲した。右の電磁カッターを揮《ふる》った。タロスの胸を無造作に裂く。

クラッシュジャケットが断ち切られた。タロスのぶ厚い胸に、横真一文字の傷が入った。もちろん、傷はタロスの肉体に届いている。

「タロス」

ジョウがザックスの背後にまわった。タロスに声をかけ、左手で自分の顔を瞬時、覆った。

目を閉じろ。

そういう合図だ。

手にした白いたまご大の塊《かたまり》をひょいと放った。

光子弾だ。放物線を描き、白い塊がザックスとタロスの間にふわりと落下した。

タロスは目を閉じ、そっぽを向く。

光った。

光子弾が作動した。爆発的に光り、その周囲をすさまじいまでの白光で埋めつくした。

人間がこの光を直視したら、失明もありうる。光学機器も機能を停止する。それほどの明るさだ。

ザックスはまともにその光を浴びた。目を閉じる時間はなかった。光から顔をそむけることもできなかった。

だが。

ザックスの改造責任者は、桁違いに優秀だった。あらゆる状況を想定し、対策をとっていた。

過剰な光を感知した瞬間。

ザックスの瞳にフィルターがかかった。光子弾の光を完全遮断できるものではなかったが、人工眼球を保護するレベルまでは光度を下げることが可能だった。

一時的に視力が低下する。

害は、それだけだ。その低下も、数秒で回復する。

ジョウがザックスの背中に飛びついた。

「ジョウ！」

タロスが自分の肩にかけていたレーザーライフルをジョウに向かって投げた。

それを空中でキャッチし、ジョウは銃口をザックスの後頭部に押しあてた。

トリガーボタンを押す。

ビームが炸裂した。

第五章　赤光《しゃっこう》のジョハルタ

1

レーザーライフルを撃った反動を利用して、ジョウはザックスの背後から離れた。大きく飛び、後転する。床に降り立つ。

あらためてレーザーライフルを構え直した。

視界が暗くなった。

褐色の影が、ジョウの眼前を覆っている。

ザックスだ。体をめぐらし、瞬時に間合いを詰めた。いつの間にか、右手でレーザーライフルの銃身をつかんでいる。

ジョウはザックスの喉《のど》を見た。

傷ひとつない。後頭部から、ななめ下方に向けて撃った。銃口を皮膚に押しあてていた。本来なら、間違いなくビームが貫通している。喉が焼け焦げ、肉も骨も吹き飛んでいるはずだ。

「…………」

ザックスとジョウの視線が激しく絡み合った。

ザックスの首からあごにかけて、変化が生じた。

蟻《あり》の群れが忽然《こつぜん》とあらわれ、ざわざわと広がっていくような変化だ。ザックスの顔下半分が、みるみる黒く染まっていく。

「ナノマシンか」

低い声で、ジョウが言った。

「皇帝がご下賜《かし》くだされた」ザックスが言った。

「思いのほか、役に立つものだな」

黒い色がすうっと縮んだ。そして、あらわれたときと同じように、忽然と消えた。

ジョウがレーザーライフルのトリガーボタンを押した瞬間。

熱源を感知したナノマシンが、ザックスの後頭部に集まった。

ナノマシンはぶ厚い塊となり、ビームに灼かれながら、そのエネルギーを吸収して放散する。もちろん、射出されるビームをすべて吸収できるわけではない。しかし、ある程度のレベルまで処理すれば、あとはザックスの肉体を構成している人工皮膚、人工筋肉などの特殊組織が熱を処理する。

ザックスが握っていたレーザーライフルの銃身が、微塵に砕けた。

ジョウは銃把《じゅうは》から手を放した。音を立てて、レーザーライフルが床に落ちる。腰のホルスターから、ジョウはレイガンを抜こうとした。

「遅い」

ザックスの拳が風を切る右ストレートとなって、ジョウの顔面を捉えた。

「がっ」

ジョウが後方に飛んだ。低重力なので、大きく飛ぶ。

血へどを吐き、ジョウは仰向けに床へと落ちた。しかし、このとき、ザックスに殺意はなかった。殺す気ならば、拳で殴ったりはしない。そのまま電磁カッターでジョウの首を刎《は》ねる。それをしなかったのは、ある種の意思表示だ。

勝負がついたぞ。

ザックスは、そう言いたい。

まずはその痛みをチームリーダー自身に感じてもらう。それから、全員の息の根を止める。ザックスは、いつでもそれができる。

「ちくしょう！」

リッキーを抱き起こすためひざまずいていたネネトが、ふいに立ちあがった。

「ちくしょう！　ちくしょう！　ちくしょう！」

ネネトの顔は、黒く汚れ、ぐしゃぐしゃになっていた。包帯で隠されていない右目からは、涙が滂沱《ぼうだ》とあふれている。

「許さない！」右手を突きだし、ザックスを指差した。

「あんたは絶対に許さない」

青白いオーラが、またネネトの全身からほとばしった。

先に出現したときは、一過性の淡い輝きでしかなかったオーラだ。

が、今回は違った。

光が強くなる。どんどん光度を増す。色も濃くなり、コバルトから、深い群青《ぐんじょう》へと移っていく。

ザックスの動きが止まった。

ネネトを凝視している。

と。

ネネトの足もとに、あらたな光が見えた。

こちらは、赤みを帯びた光だ。

光っているのは。

リッキー。

ネネトは、そのことに気付いていない。

ザックスの視線が、ネネトからリッキーへと移動した。

そのまま釘づけになる。

こいつ、自分を見ていない。

ザックスを指差していたネネトは、しばらくしてから、そのことを知った。

何を見つめている？

ネネトは首をめぐらした。左手、下のほうだ。彼女のややうしろ。

光があった。

ぼおっとした赤い光。

リッキーのからだが光を放っている。

「！」

ネネトは息を呑んだ。

この光、目にするのははじめてではない。ひじょうにまれだが、これまでに三回ほど経験した。

ジョハルタの中に、何人か、このようにからだが光る者がいる。ネネトととくに親和性の高い者たちだ。ネネトの感情が非日常的な昂《たかぶ》りを見せたときに赤く光り、通常よりも強力なネネトの力を発現させる。ゆえに、かれらは宮殿に留まってネネトの神官となる。モロトフがそうだ。モロトフはゴーフリーで、もっともネネトと親和性が高い。

だが。

いまリッキーが放っている光は、モロトフのそれをはるかにしのいでいる。

暗闇で目を凝《こ》らすと、ようやく光っているのがわかる。モロトフで、その程度だ。しかし、リッキーのそれは違う。明るい照明のもとで、全身が赤い光に包まれていることが、はっきりとわかる。

リッキーの首が動いた。

頭を持ちあげた。

いつの間にか、両の目がひらいている。

一挙動で、なめらかに立ちあがった。

立った。

「リッキー」

ネネトは棒立ちだ。言葉がでてこない。ただ凝然《ぎょうぜん》と、そのさまを見つめている。

「……………」

無言で、リッキーが前に進んだ。ネネトの脇を抜け、まっすぐにザックスへと近づいていく。足どりはたしかだ。重力が弱いので、軽くジャンプするように歩を運ぶ。

ザックスの真正面に立った。リッキーは武器を手にしていない。徒手空拳である。

「…………」


リッキー、ザックス、ともに声はない。ただ静かに、じっと睨み合っている。

ザックスが仕掛けた。

右腕に電磁カッターが燦く。リッキーの頸部を狙い、横に疾《はし》る。

「はっ！」

気合が響いた。

リッキーは両の手首を上下に合わせ、てのひらをまっすぐ前に突きだした。

そこから。

不可視の力が飛んだ。

それはクォンが射ちだす力と同じものだ。いわゆるネネトの力である。その力を、リッキーはおのれの肉体から直接、射出した。

力がザックスを打った。

距離はわずかに数十センチ。しかも、目に映らぬ力だ。ザックスといえども、かわしようがない。

力はザックスを直撃し、その強靱《きょうじん》な肉体を苦もなく貫いた。

「ごふっ」

ザックスの巨体が、よろめいた。

二百三十センチの巨軀が前のめりに崩れる。口から、赤黒い、血ともオイルともつかぬものが流れでた。

表情が変わる。ザックスの目が大きく見ひらかれ、頰が痙攣するように細かくひきつっている。

何が起きた？

そう問うている表情《かお》だ。

すうっとリッキーが両腕を後方に引いた。手首は合わせたままだ。右肘を大きく引き、腰をわずかに回転させた。

再び、ひらいたてのひらを勢いよく前に突きだす。

今度は、力が目に見えた。

赤い光だ。

赤い光がリッキーのてのひらから爆発的に噴出し、球状になった。

炸裂する。

光球が。ザックスの顔面で。

前のめりになったため、苦痛に歪むザックスの顔が、一メートルほど低い位置にあった。それがザックスに災いした。

反射的に、ザックスは顔を横にそむけた。さすがは皇帝の剣闘士というべきか。驚異的な反応速度だ。

しかし、よけることは不可能だった。ザックスの顔の右半分をネネトの力がえぐった。顴骨《かんこつ》が砕け、あごが割れ、眼球が破裂した。人工皮膚もべろりとめくれあがった。筋繊維と頭蓋骨の一部が剝きだしになる。

ザックスが後退した。よろよろとした足どりで、数歩、うしろに退った。

その背中が。

何かに当たった。

わずかに首を傾け、残った左目でザックスは背後を見た。

「よお」タロスがザックスの眼前で、にやりと笑った。

「ハンサムになったな」

タロスはからだじゅうに装着した武器、火器を投げ捨てていた。グレネードランチャー、小型バズーカ、ペンシルミサイル、ロケット砲。そのどれもが、もうその機能を完全に失っている。いま持っている武器らしい武器は、腰のホルスターの中にあるレイガンだけだ。それとまだ奥の手がひとつ隠されている。

「ついでに化粧もしてやろう」

拳を固め、タロスはそれをザックスの右眼窩《がんか》へと叩きこんだ。

2

鈍い音とともに、ザックスの巨体が宙を舞った。

仰向けに落ちて、倒れた。先ほどのジョウの姿の再現のようだ。

「一発だけだ！」ジョウが立ちあがった。

「おまえは一発だけ。あとは俺が殴る」

血の塊を床にぺっと吐きだした。折れた歯が混じっている。

ジョウは周囲を見まわした。

赤い光に包まれたリッキー。

怒りに燃えるタロス。

ザックスの銃弾を浴び、呻いているアルフィン。意識はある。だが、被弾による打撲で身動きがかなわない。両手を床につき、必死で上体だけでも起こそうとしている。

そして、ネネトだ。

ネネトは、うつろな表情で、その場に立ち尽くしていた。もう青白いオーラを発してはいない。その力は、完全にリッキーへと委《ゆだ》ねられた。リッキーは神官以上の力を揮《ふる》う、最強のジョハルタとなった。

ザックスが、むくりと起きあがった。

凄惨な傷を負ったが、見た目ほどにはダメージを受けていない。腹部に受けた最初の一撃はまだ効いている。しかし、顔の傷はほとんど意に介していない。それはただ外観が少し変化しただけのことだ。

うっそりとザックスが立った。

その前に、再びリッキーが進んだ。足捌《あしさば》きが尋常ではない。流れるように動く。すうっと間合いを詰めていく。

「よろしいのですか？」

ガランドが皇帝に訊いた。

「何がだ？」

玉座に腰を置き、身を乗りだして剣闘士とクラッシャーの死闘を眺めていたルキアノスが、宰相に問いを返した。

「ザックスです」ガランドは答えた。

「このままでは負けます」

「だろうな」

「クラッシャーのひとりがジョハルタになるのは予想外でした」

「興味深い現象だ」

ルキアノスは小さくあごを引いた。目はそらさず、食い入るようにアリーナを見つめている。

「ジョハルタは血の絆《きずな》によって発現する」言を継いだ。「これまでは、そう考えられてきた。ただし、その資格を有するものは極めて限られている。わたしもおまえもダイロンの血を引く人間だ。が、どうあがいても、ジョハルタにはなれない。それほどにネネトの力を得ることはむずかしい」

「にもかかわらず、あのよそ者がジョハルタとなり、モロトフをもしのぐ力をザックスに対して揮いました」

「このケースは口伝にもない。はじめて確認されたことだ」

「よい兆候でございます」

「これで、あの力を我が物とできる可能性が一段と高まった。ネネトの力は、血の絆のみで受け渡されるものではない。何か、他の要素もある」

眼下では、ザックスが一方的に攻めこまれていた。

リッキーがつぎつぎと力を放ち、ザックスを不可視の力で打ちすえている。さらには、ジョウとタロスも交互に攻撃を仕掛ける。火器は使わない。素手による打撃だ。ザックスになすすべはない。反撃も試みているが、それはことごとく跳ね返される。頼みのナノマシンも、その数を大幅に減じた。ネネトの力を浴びての消耗《しょうもう》が大きい。ネネトの力は防御壁としてのナノマシンごと、ザックスの肉体を粉砕する。

「頃合いだな」ルキアノスが、ぼそりと言葉をつづけた。

「十分な収穫があった。ザックスはよくやってくれた」

「役目はもう終わりとなりますか？」

「そうだ」皇帝は右手を軽く振った。

「あのクラッシャーの子供とネネトのふたりを残し、あとの者はすべて始末しろ」

「承知いたしました」

ガランドは一礼し、テラスの床に向かって両の手をかざした。

床の一部がすうっとせりあがった。円筒形のコンソールデスクだ。玉座の真うしろである。円筒デスクは一メートルほど伸びて、止まった。そのデスクの丸い上面に、ちょうどガランドのてのひらがくる。

デスク表面をガランドが指先で叩いた。

ジョウのパンチが、ザックスのあごを捉えた。左右のフックだ。クリーンヒットである。

「一発だけじゃ、物足りねえ」

タロスがジョウを押しのけて、前にでた。ザックスに密着し、左アッパーをボディに打ちこんだ。

ザックスがからだをふたつに折った。足がもつれる。いまにも倒れそうだ。だが、倒れない。驚くべき体力である。

「ギブアップしろ」ジョウが言った。

「もう決着はついた。死ぬまでやることはない」

「……………」

ザックスは応えなかった。無言で、電磁カッターを構え直した。それで何が言いたいのかわかる。どちらかが息絶えるまで試合はつづく。それが剣闘士同士の決闘だ。生きて、立っているかぎり、戦いが終わることはない。

「そういうことか」

ジョウも拳を握り直した。

床が揺れた。

最初はかすかな微動だった。

それがいきなり、突きあげるような震動となった。

激しい揺れだ。

地震？

一瞬、そう思うほどである。

甲高い音が響いた。

闘技場のセンターアリーナにひびが入った。アリーナは土の感触を保った特殊な樹脂で完全に固められている。その表面が割れ、うねるように砕けた。

「！」

ザックスが横倒しになった。右足が地割れに吸いこまれている。それでバランスが崩れた。

地割れが広がる。ザックスは、一気に腰のあたりまで沈んだ。

ジョウが動いた。

ジョウはきびすを返し、ネネトに駆け寄った。アルフィンではない。アルフィンは、まだ起きあがれないでいる。しかし、まずネネトだ。何が起きたのかは判然としていないが、異常が発生したとき、最初にやらなくてはいけないのが、ネネトの安全確保である。それがジョウの仕事だ。

「うおっ」

タロスが叫び声をあげた。

タロスもジョウと同じことを考えた。そして、ネネトのもとへと走ろうとした。

その右足首が、ひび割れたアリーナにくわえこまれた。

つんのめり、片膝をつく。

揺れはいよいよ激しい。

リッキーが体を転じた。

ネネトのほうに向き直った。丸く見ひらかれたふたつの目。その視野の中に、ネネトも、ジョウも、アルフィンも、タロスもいる。

「があああああ」

リッキーの背後では、ザックスがしきりにもがいている。すでに首近くまでからだがもぐった。アリーナの裂け目はどんどん広がっている。両手で地表をつかみ、なんとか這《は》いでようとしているが、それは徒労でしかない。逆にずるずると滑り落ちていく。

リッキーが腕を左右に大きく広げた。

その腕の動きに合わせるかのように。

赤い光がふわりと広がった。

光が丸くなる。どんどん大きくなる。

赤いベールでつくられた半透明の球体。どことなくシャボン玉にも似ている。

その球体が、四人を包んだ。リッキーも、中に入った。

これは。

「ネネトの〝フィールド〟」

ジョウの疑問に答えるかのように、ネネトが言った。低く、抑揚のない声だ。青い瞳は、どこか遠くを見ている。少なくとも、ジョウを見てはいない。

「ネネトの〝フィールド〟」

ジョウはオウム返しにつぶやいた。

タロスの足がアリーナの裂け目から抜けた。

そのからだが宙に浮く。

タロスだけではない。倒れていたアルフィンも、赤い球体をつくりだしたリッキーも、そして、ジョウもネネトも。

すうっと宙に浮かびあがっていく。それにつれて、赤い球体もゆっくりと上昇する。

直径は、十メートルほどだろうか。

サイコバリヤー。

その言葉をジョウは思いだした。暗黒邪神教事件のときに知った言葉だ。超能力によって形成される不可視のバリヤーのことである。いまかれらを覆うこの球体は、赤い光としてはっきり目に映っているが、それ以外はサイコバリヤーと同じだ。とつぜん起きたアリーナの大変動の影響は、この〝フィールド〟の中にはけっして及ばない。

「……………」

リッキーが漂うように移動した。アルフィンの横にきた。

「リッキー」

苦悶の表情で、アルフィンがリッキーを見た。

「………………」

無言のまま、リッキーが右手をアルフィンのからだにかざした。アルフィンがザックスの銃弾を浴びたのは、胸と腹部だ。その周辺に、リッキーはてのひらを向けた。

赤い光がアルフィンを照らす。

ほんの数秒だった。

リッキーがアルフィンから離れた。

アルフィンが上体をまっすぐに起こした。

「痛みが……ない」

胸と腹に手をあて、アルフィンはつぶやいた。

それから、ネネトとリッキーを交互に見た。

3

サイコヒーリングはポピュラーな超能力のひとつだ。もちろん、ネネトの力にも、それは含まれている。口伝でも代々のネネトはジョハルタを介して、多くの怪我人、病人を癒《いや》したと言われている。

〝フィールド〟の中で、ジョウ、アルフィン、タロスが一か所に集まった。リッキーとネネトは少し離れたところに立っている。

〝フィールド〟が動きはじめた。

めざすのは。

玉座のあるテラスだ。

「そうきたか」

ルキアノスは薄く笑った。まだ余裕がある。アリーナでは、ザックスの姿が消えた。完全に地中へと呑みこまれた。地下岩盤の中で、その肉体は完全に砕かれる。もはや原形も留めていないだろう。

「バリヤーを強化します」

ガランドが言った。キーを打った。

ネネトがくる。ジョハルタとなったリッキーと肩を並べ、赤色バリヤーに包まれて、まっすぐに突っこんでくる。

火花が散った。

すさまじい電撃の火花だ。

サイコバリヤーが、テラスのバリヤーと接触した。

どちらかといえば、激突に近い接触だ。

轟音が耳をつんざく。

ばりばりばりと響く音は、ほとんど雷鳴だ。

激しいせめぎ合いが、しばらくつづいた。

数十秒に及ぶ、力と力の正面衝突だ。

その均衡が。

ふいに破れた。

勝ったのは、サイコバリヤーだ。

乱れ飛ぶ電撃を押しのけるように、じりじりと赤い球体が前進する。テラスにのしかかり、ななめ上から、玉座へと迫っていく。

ここに至って、ルキアノスの表情が大きく変わった。

テクノロジーがネネトの力に圧倒されている。

「ガランド！」

宰相を呼ぶ。もはや、余裕はない。

「だめです」ガランドが叫んだ。

「とてつもないエネルギーです。われわれの予想値をはるかに超えています」

「ちいっ」

舌打ちし、玉座から腰を浮かせた。もはや、平然とここにすわっている状況ではない。

いったん退くべきときがきた。

「俺がやる」

ジョウが前に進んだ。リッキーの左横に並んだ。その時点で、すでにクラッシュジャケットからアートフラッシュをひとつ、はがしている。

アートフラッシュは強酸化触媒ポリマーだ。背負っているクラッシュパックにも直径一センチ弱のボール状にしたものが納められているが、それとはべつに、四角いボタン形状に加工したものが、上着の胸近辺にいくつか貼りつけてある。これを引きはがし、裏側を強く押して三秒待つと、そのアートフラッシュは発火する。

燃えあがったアートフラッシュの炎は、とてつもなく強力だ。金属でも樹脂でも、一瞬にして燃えあがり、消火はほとんどできない。空気を遮断してもだめだ。標的そのものから酸素を得て、真空下でも炎上する。

「あけてくれ」

リッキーに言った。いまのリッキーは、サイコバリヤーの維持に専念している。攻撃はできない。

ジョウの正面の赤い被膜が薄れた。そこだけ、バリヤーの効果が消えた。

すかさず、ジョウはアートフラッシュを投げた。

大きめのボタンサイズのアートフラッシュがバリヤーの穴を通過し、皇帝めがけてまっすぐに疾る。

狙いは、ルキアノスのトーガだ。

くぐもった破裂音が響いた。

爆発的に炎があがる。

「うおおおっ」

ルキアノスが玉座の上に立った。その全身がオレンジ色に燃えあがっている。

トーガを脱いだ。あわててむしりとり、テラスの外へと投げ捨てた。だが、まだチュニカが燃えている。

炎を手ではたいた。その火はアートフラッシュの直撃を受けたトーガを伝って燃え広がったもので、アートフラッシュは付着していない。

炎が消えた。

「あの腕は……」

ジョウが言った。

本来なら、ルキアノスはかなりの火傷《やけど》を負っているはずだった。ジョウの攻撃はルキアノスを殺すためにおこなったのではない。ある程度のダメージを与え、ネネトに対する執着心を砕く。それが目的だ。アートフラッシュの炎によって生みだされる恐怖が、皇帝の意志を変える。かすかな期待ではあったが、そうなることをジョウは願っていた。

だが、その願望はあっさりとついえた。

焼けただれたルキアノスの両腕。しかし、そこに傷はない。かわりに皮膚が広範囲に融けはがれている。

皮膚の下は、軽合金のプレートだった。

「サイボーグ」

タロスが言った。ジョウの背後にきて、テラスを見おろしている。

「そういうことか」ジョウの奥歯がぎりっと鳴った。

「皇帝陛下は、部下の兵士だけでなく、ご自身をも改造されていたのか」

皮肉っぽく言った。

「飛ばせ!」ガランドに向かい、ルキアノスが怒鳴った。

「テラスを飛ばせ!」

「はっ」

顔をひきつらせ、宰相が答えた。必死でキーを叩く。

壁で小爆発が起きた。爆発ボルトが作動した。

テラスを固定していたボルトだ。

ぐらりとテラスが傾いた。

またバリヤーの火花が散る。いったんは破られたテラスのバリヤーだが、ガランドがいま一度、出力をあげた。それがリッキーのサイコバリヤーと反応している。

半円形のテラスが壁から離れた。

すうっと落下する。壁の中から隠されていた部分がでてきた。半円ではなく、完全な円形のパネルとなった。フライングソーサー。まさしく空飛ぶ円盤である。形としては、大型のイオノクラフトといった感じだ。

円形テラスの落下に伴い、のしかかっていたサイコバリヤーの球体が、空中に取り残された。火花と電撃の乱舞が熄《や》んだ。

テラスの下面から、青白い光が噴きだした。

高熱噴射だ。下面にノズルがある。

落下が止まった。と同時に、円形テラスが、水平に飛んだ。弧を描き、ゆったり旋回する。

壁がひらいた。

テラスが離脱したあとの壁だ。そこが横に長くひらき、キャットウォークのような通路が前に向かってせりだしてきた。

通路には、人の姿がある。ひとりふたりではない。何十人という数だ。

あらわれたのは、ハードスーツで重武装した兵士たちだった。谷底でガレオンとケデメルを襲ったサイボーグ兵士の残党も混じっている。

大型の火器が、ネネトの〝フィールド〟に向かって、いっせいに突きだされた。

ハンドブラスター。

斉射した。

無数の火球が、ひしめきあうようにサイコバリヤーへと殺到する。

弾いた。バリヤーが超高熱の火球をつぎつぎと弾いた。

リッキーがネネトの力をバリヤーに集中させる。

「まずい」呻くようにタロスが言った。

「リッキーが釘づけだ。ルキアノスを攻撃できない。この隙に逃げられる」

ジョウは飛行するテラスを凝視《ぎょうし》していた。タロスの懸念が的中している。皇帝は、この場から脱出する気だ。ネネトとネネトの力のことは、もうどうでもよくなっている。しかし、ここで逃すわけにはいかない。いま逃したら、また態勢を立て直して、皇帝はネネトを襲う。それは明らかだ。

「ひとまず上昇しろ」タロスが怒鳴った。

「壁に接近して、俺をあのキャットウォークに降ろせ。あいつらは俺がひっかきまわす。ブラスターを黙らせるから、リッキー、おまえは皇帝を追え！」

「その仕事、俺もやる」

ジョウが言った。

「あたしだって！」

アルフィンも叫んだ。リッキーのヒーリングで、気力も体力も完全に回復した。

サイコバリヤーの球体が、高度をあげながら反転する。

キャットウォークの上方に向かった。

そこから一気に降下。

加速する。兵士たちの中に、まっすぐ突っこんでいく。

体当たりだ。

サイコバリヤーがキャットウォークに激突した。

兵士が数人、吹き飛ぶ。電撃に弾かれ、宙を舞う。

バリヤーの一部が、数秒だけ解除された。

タロスが〝フィールド〟の外に飛びだした。ジョウ、アルフィンが間を置かずにつづく。

キャットウォークに立ったタロスが、左手の手首を外した。

手首の中には、機銃が仕込まれていた。タロス自慢の奥の手である。

兵士の群れに向かって左腕を突きだし、タロスは機銃を乱射した。

けたたましい射撃音が、空気を激しく震わせた。

4

数人の兵士が機銃弾に撃たれ、薙《な》ぎ倒された。

タロスの背後では、〝フィールド〟が再度、反転をしている。

ジョウとアルフィンが、タロスの前に飛びだした。

兵士たちの中に突入していく。レイガンやヒートガンといった火器は手にしていない。

かわりに、ふたりは手の中にボール状のアートフラッシュを数十個、握りしめていた。

クラッシュパックから取りだしたものだ。

アートフラッシュを投げた。ちょうど数人の兵士が密集しているあたりだ。サイボーグ兵もひとりいる。

鈍い破裂音とともに、炎があがった。爆発的な炎だ。

ハードスーツが燃えはじめた。ハンドブラスターにも引火する。

兵士たちがパニックに陥った。

その燃えさかる炎の中に。

今度は、タロスが敢然と突っこむ。機銃を撃ちまくりながら、キャットウォークを走りぬける。

あっという間に、サイコバリヤーの球体がフリーになった。ハードスーツとサイボーグ混成部隊の当面の標的は、もはやネネトではない。かれらの中に躍《おど》りこんできた三人のクラッシャーだ。

つぎつぎと火の手があがる。射撃音もかまびすしく鳴り響く。懐《ふところ》にもぐりこまれたため、兵士たちはハンドブラスターで撃ち返すことができない。狭いキャットウォークで発射したら、同士討ちになってしまう。

一方。

激しい攻防がつづくキャットウォークの戦闘を尻目に、ルキアノスとガランドは、地下コロシアムからの脱出をはかっていた。

アリーナは完全に破壊されている。床材が細かくひび割れて大きくめくれあがり、まるで大地震直後の光景である。ザックスの姿は、どこにもない。

テラス円盤が、アリーナを横切った。

反対側の壁をめざす。

そこに口がひらいた。

巨大な口だ。縦横数十メートルの扉である。中央で割れ、左右にひらいた。皇帝の脱出路だ。

ネネトの〝フィールド〟が円盤を追う。ハンドブラスターによる攻撃が絶えたので、リッキーは力の多くをサイコバリヤーの移動に費やしている。速度は、円盤よりも上だ。先行する円盤が、脱出路の口をくぐった。

まだ通過し終えていないのに、扉が閉まりはじめる。

「そうはいかない」

ネネトが言った。

リッキーが構えをつくった。足をひらいて腰を落とし、両の手首を合わせたまま、右肘をうしろに引く。

「はっ」

気合一閃。力を放った。勢いよく腕を正面に突きだし、ネネトの力を思いきり扉に向かって叩きつけた。

爆発音が轟いた。

コロシアム全体が揺れる。

左側の扉を力が直撃した。厚さ数メートルにも及ぶ軽合金の塊。それが微塵に砕けた。破片とねじれた裂け目がストッパーになり、扉の左半分が動かなくなった。

〝フィールド〟が脱出路に入った。

内部は大口径のトンネルになっていた。照明が暗い。薄暮くらいの明るさだ。五十メートルほど先を、テラス円盤が行く。

「逃がさないよ」

ネネトの青い瞳が、きらりと炯《ひか》った。

帝国軍兵士とクラッシャー三人との戦いは、場所を移していた。テラス円盤が脱出路に進入したのを見た兵士たちが、キャットウォークから撤退したからだ。

いったん閉じていた壁の細長い口が再びひらき、その中に兵士たちが飛びこんだ。壁の向こう側は、広いフロアになっている。

今度は、そこが戦場になった。

兵士たちが大きく展開する。集団がばらけ、クラッシャー三人を囲むように広がった。こうなると、クラッシャーは不利だ。武器はレイガンと機銃とアートフラッシュ程度。相手は、まだ二十人以上が残っている。しかも、そのうちの四体がサイボーグ兵士だ。

「どうするの？」

アルフィンがジョウに訊いた。

「ありったけのアートフラッシュをまわりにばらまく」

小声で、ジョウは答えた。

「それで？」

「あとは野となれ、山となれ」

「やっぱり」

兵士の展開が終わった。ハンドブラスターを構え直している。

ジョウとアルフィンが、あらためてアートフラッシュを右手にひとつかみ握った。

タロスは機銃で手近な兵士を狙う。

文字どおり、一触即発の瞬間だ。

悲鳴があがった。

兵士の群れの後方だ。何人かの兵士が崩れるように転がった。その姿が、三人のクラッシャーの目に映った。

何かが起きた。

しかし、ジョウたちには、起きたのが何か、まったくわからない。

兵士たちの集団が波打つ。包囲網が一気に崩れる。

「ぐえっ」

「がっ」

悲鳴が途切れない。連続してほとばしる。

「ジョウ！」

低いしわがれた声が、悲鳴の中に混じった。

その声は。

「モロトフ！」

白い布が兵士たちの間で大きくひるがえった。

右手に持ったクォンを振りまわしながら、モロトフがフロアを横切ってくる。移動がなめらかだ。すうっと滑るように近づく。

「無事だったのね」

アルフィンの表情がぱあっと明るくなった。

「ネネトの力が、かつてないほどに強くなっている」モロトフが声を張りあげて言った。「少してこずったが、おかげでなんとか敵兵を蹴散らすことができた。クォンのパワーもこれまでで最強だ」

クォンを袈裟懸《けさが》けに振りおろした。モロトフの前に、サイボーグ兵士がいる。そのからだが見えない力に打たれ、もんどりうった。

その兵士を飛びこすように、ふわりと、モロトフが浮きあがる。

モロトフは小さな円盤型プレートの上に乗っていた。

イオノクラフトだ。

「兵士が使っていた」モロトフは言う。

「低重力だと、こいつは威力を増す。役に立つぞ」

言いながらも、モロトフはクォンを振るのをやめない。手あたり次第に兵士を打ち倒す。兵士もハンドブラスターで応戦するが、イオノクラフトを自在に操るモロトフは、火球を巧みにかわす。かわして、クォンを揮《ふる》う。

見る間に兵士の数が減じていく。

「見物している場合じゃない」

ジョウが言った。意外な成り行きに、ジョウたちは動きを止めていた。だが、いまは、たしかにそんなときではない。かれらにも、やるべきことがある。

タロスが機銃を連射した。

ジョウとアルフィンは、アートフラッシュを投げつけた。

炎が噴出する。銃弾がハードスーツの関節を破壊する。

あと数人。

そこまで兵士とサイボーグを追いつめた。

二体のサイボーグが、モロトフの背後にまわった。パワーアップしたクォンの力に昂奮気味のモロトフは、その動きを見逃した。ジョウも、タロスも、アルフィンも、そのことに気付かなかった。

二体のサイボーグが同時にモロトフを襲う。

一体がモロトフの足をつかみ、そのからだをイオノクラフトから引きずり落とした。

もう一体が、超音波メスで斬りかかる。

モロトフは体をひねり、クォンで足をつかむサイボーグを殴打した。ネネトの力とスパイク付き棍棒の衝撃が、サイボーグの頭部をぐしゃりとつぶした。

「うあっ」

しかし、悲鳴を発したのはモロトフだった。

超音波メスが、モロトフの肩口を裂いた。

鮮血が散る。

サイボーグ兵士は、さらに二撃目を突きだした。

イオノクラフトから落ちて床に転がったモロトフの左ふとももに、超音波メスが刺さった。

モロトフは上体を起こし、左手でサイボーグ兵士の手首を把《と》った。

体重をのせて、引き倒す。バランスを崩した兵士が、モロトフの上にのしかかってきた。

右手でクォンを振る。

不可視の力が、サイボーグの顔面を直撃した。あごがひしゃげ、サイボーグが横ざまに吹き飛んだ。

「モロトフ！」

異常を察したジョウがきた。

モロトフに駆け寄り、モロトフのからだを背後から支えた。

「わたしにかまうな」モロトフが言った。

「それより、あれを使え」

すぐ脇に浮いているイオノクラフトを指差した。乗員がいなくなり、セイフティが働いて、イオノクラフトはその場でホバリング状態に入っている。

「あれで追いかけ、リッキーにこれを渡してくれ」モロトフはつづけた。

「ジョハルタの必需品だ」

ジョウの眼前に、クォンを突きだした。

5

モロトフはリッキーがネネトの力を得たことを知っていた。

ネネトの意識から、その情報を読みとったのだ。

「クォンはネネトの力をより強くする。そういう構造を内部に持っている。ドーム屋根と同じだ」

「ジョウ、行って」

アルフィンの声が横から割って入った。いつの間にか、ジョウのとなりにきている。どうやら、敵軍をほぼ完全に制圧したらしい。タロスがひとりで、その確認をしている。

「モロトフは、あたしとタロスで介抱する」

アルフィンは、モロトフの左足に突き立っている超音波メスのチェックをした。うかつには引き抜けない。大量出血を招く恐れがある。その前に、止血《しけつ》が必要だ。

「わかった」

ジョウはうなずいた。

うなずいて、背中のクラッシュパックを床に降ろした。カバーをあけ、最後に残った火器を取りだした。電磁ナイフだ。タロスがザックスと渡り合うときに使ったのと同じものである。

右手に電磁ナイフ、左手にクォンを握り、ジョウはイオノクラフトに飛び乗った。

「まかせたぞ」

アルフィンに一声かけ、イオノクラフトを上昇させた。

反転し、コロシアムのアリーナへと向かう。

細長い窓のような口を通りぬけ、アリーナの上空へとでた。通常なら、ここで一気に降下してしまうはずだが、この低重力下ではそうならない。一定の高度を保ち、イオノクラフトは水平飛行をつづける。

正面に、皇帝の脱出路があった。ネネトの力で破壊され、扉が半分あけ放しになっている。

脱出路に入った。

中は円筒のトンネルになっていた。照明が暗く、先がはっきりと見えない。しかし、間違いなく、この先にネネトと皇帝がいる。

ジョウはイオノクラフトを加速させた。

コンビナートの一角のような場所に、ネネトとリッキーはいた。

「ここは、この基地の中枢部だ」

リッキーが言った。表情が、もとに戻っている。ネネトの力を受け、ジョハルタとなったときは意識が激しく乱れた。自分が自分でなくなったような感覚。まるで何かに操られているかのように、赤い光に包まれたからだが勝手に動いた。

とつぜんの変化に、精神と肉体の反応が遅れたのだ。

リッキーは、ネネトの力に支配された。リッキーの意志に関係なく力がやや暴走気味に敵を打ち、ルキアノスを追いつめた。リッキーは、ただそれを茫然として見つめていた。

だが、いまは違う。

ようやく力を制御できるようになった。心も落ち着き、うつろに固まっていた表情も、すっかりやわらいだ。言葉も口からでてきた。ついさっきまでは、顔の筋肉ひとつ、自身では動かせない有様だったが、その状況からも解放された。

ネネトの〝フィールド〟がコンビナートの上を飛ぶ。

いくつかの思念が、リッキーの意識に流れこんできた。その中には、ルキアノスのものも混じっている。ジョハルタではないが、かれもまたダイロンの末裔《まつえい》。ネネトの力の影響を免れることはできない。

「皇帝は、ネネトの力を独占するため、この基地をつくらせたんだ」ネネトに目を向け、リッキーは言を継いだ。

「軍事基地というよりも、一種の研究所だね。宰相のガランドが管理責任者をつとめている」

「ぜんぜん研究所なんかに見えないよ」

赤い球体の表面に顔を近づけ、ネネトは眼下の光景を覗きこんでいる。

「このあたりは、動力システムが置かれているところだ。宇宙船の離着床もある」

「そんなところに、皇帝が逃げてきたってことは」

「エキドナからの離脱を狙っている」

「あいつ、あたしをここでどうするつもりだったんだろう？」

「まあ、脳内分析とか、生体解剖とか……」

「嘘でしょ！」

「ほしいのはネネトの力だけだったんだ。それが入手できるのなら、どんなことでもするよ」

「信じらんない」

「とにかく皇帝の居場所を探そう。思考の流れで、だいたいわかる。このエリアのどこかにひそんでいる」

リッキーがそう言ったときだった。

いきなり、黒い影がかれの視野をななめによぎった。

「！」

大型の金属アームが〝フィールド〟めがけて伸びてきた。システムに付属している装置のひとつだ。

アームの先端が、赤い球体のバリヤー被膜に激突した。

〝フィールド〟が揺れる。痛烈なショックが、ネネトとリッキーを襲う。その衝撃は、ネネトの力で張ったバリヤーであっても、吸収しきれない。

皇帝の反撃。

これは、その嚆矢《こうし》だ。

リッキーは悟った。ルキアノスは、ただここに逃げてきただけではない。ここの仕掛けを使ってネネトとリッキーに反撃する。そのために、ここまでテラス円盤を飛ばしてきた。

気がつくと、コンビナートの様相が一変している。

装置が変形した。

機器の一部が上昇し、塔になる。巨大な塔だ。それも一本や二本ではない。十数本、にょきにょきと聳《そび》え立った。さらに、天井からも円錐形の柱が降りてきた。

研究所であり、一種の兵器でもある空間。

「そういうことか」

リッキーが言った。

「どういうこと？」

意味がわからず、ネネトが問う。

「この星は、ゴーフリー帝国宇宙軍が正式に管理している基地じゃないんだ」リッキーは答えた。

「ガランドが皇帝の勅命を受けて個人的に開発、構築した裏の基地だ。だから、兵士はほとんど常駐していない。さっきあらわれたのは、皇帝と一緒にここにきた近衛兵だ。それとザックスの部下のサイボーグたち。防衛機構は無人が前提で、施設そのものが、いざというときには兵器として動作するように設計されている」

「プラントの形をした戦闘用ロボット！」

「そのとおり」

リッキーは大きくうなずいた。

「それ、あんたが皇帝なんかの意識を読んで知ったんだ」

「そうだと思う」

「読めたのは、あたしの力を使ったからだろ」

「たぶん」

「ずるいよ」ネネトはふくれっ面《つら》になった。

「あたしの力でリッキーはいろんな情報をもらっているのに、あたしに読めるのは、ほんの少しだけ。とぎれとぎれのはんぱな情報ばっかし。そんなの不公平だ」

「んなこと言ったって」

ネネトの抗議に、リッキーはうろたえた。ネネトの力はネネトの民に作用し、具体的な能力となる。ネネト自身は、その力を揮うことができない。これはネネトの力の宿命だ。

「納得できない！」

腕を組み、ネネトはぷいとそっぽを向いた。

だが、そんなじゃれ合いをしている余裕はなかった。

せりあがった塔の壁から、大型アームがつぎつぎと伸びてきた。本来はメンテナンス用のマニピュレータなのだろう。しかし、使い方によって、これは強力な武器になる。

ビームが疾《はし》った。工業用のレーザービームだ。出力は重火器のそれにまったく劣っていない。その発射装置が、アームの先端に埋めこまれている。

ビームが〝フィールド〟を灼く。

アームがバリヤーを乱打する。

予想以上の負荷だ。リッキーがネネトの力でその攻撃を弾く。

「くうっ」

リッキーの表情がこわばった。

この攻撃、パワーが尋常ではない。携帯用火器のそれをはるかにしのいでいる。当然だ。動力源は大型プラントのそれである。ハンドブラスターのエネルギーチューブと較べたら、無尽蔵といっていいレベルだ。とてつもなく強大なエネルギーがそそぎこまれている。

狙いはずばり、ジョハルタであるリッキーの消耗。

ネネトの力を操るためには、それ相応の体力が要《い》る。ジョハルタといえども、ごくふつうの人間だ。体力勝負になれば、限界は低い。機械を相手にしたら、誰であろうと、確実に敗退する。

攻撃が間断なくつづいた。

きりがない。休む時間もない。

リッキーは防戦に追われた。この場に漂う意識を探り、ルキアノスの正確な位置を確認できれば、反撃に対する再反撃も可能だが、いまの状況では、それができない。この猛攻の中では、バリヤーを保つのが精いっぱいだ。

それでも、リッキーは散発的に力を放った。瞬時、バリヤーに穴をあけ、力を射ちだす。

アームをいくつか破壊した。が、効果はほとんどなかった。ロボット側の被害は、局所的で軽微だ。しかも、すぐに修復がおこなわれる。システムとしては、完璧である。

「だめだ」リッキーがネネトを見た。

「いったん、下に降りよう」

「下に？」

「もう球体を維持できない。このままだと破られる」

言うなり、〝フィールド〟が降下を開始した。リッキーは肩で呼吸《いき》をしている。一瞥《いちべつ》したただけで、その消耗の激しさが見てとれる。

数秒後。

フロアに〝フィールド〟が軟着陸した。

バリヤーが消えた。

6

ネネトとリッキーは完全にマークされていた。

バリヤーが消滅したあと、コンマ数秒の時間すら置かずに、ビームが降ってきた。すかさず、リッキーが部分バリヤーを張る。と同時に、力を四方に射ちだす。標的の位置は、ビームの発射地点だ。全方位バリヤーとは両立できなかった連続攻撃が可能になった。

しかし、返ってきた反撃は、これまでにも増して苛烈《かれつ》だった。

集中豪雨のように、レーザービームが射ちこまれる。攻撃重視の戦法は、やはり防御が弱い。確実に敵の火器を破壊できるのなら、この形でも優勢に立てるが、いかにネネトの力であっても、百パーセントの命中率は望めない。次第にバリヤーで囲む範囲が大きくなっていく。そのぶん、攻撃はむずかしくなる。

「何やってんのよ」

ネネトがリッキーを叱咤《しった》した。リッキーが体力的に厳しくなっているのは、彼女にもわかる。わかるが、はい、そうですかと認めるわけにはいかない。そんなことをしたら、死ぬ。間違いなく皇帝に殺される。

リッキーが後退しはじめた。攻撃の回数が減り、また防戦一方になっていく。

ふたりの背後に、装置の塔の壁があった。そこは武器として機能していない。スクリーンが並び、意味不明のデータを淡々と表示している。

その壁の前に、リッキーとネネトは追いつめられていった。壁がふたりのうしろにある限り、そこからの攻撃はない。少なくとも、一方向だけは絶対に安全な場所となる。

それがゆえに意志とは関係なく、からだがじりじりとそちらに向かって動いてしまう。

だが。

そこにも陥穽《かんせい》があった。

ネネトがひっかかった。

ふいに床が波打った。フロアの床面が、細かく分かれた。一辺が二十センチほどの正方形に割れた。フロア全体ではない。リッキーとネネトがいるあたりだけの現象だ。タイルのように分裂し、それぞれが勝手に揺れ動く。

ネネトの足が、その隙間に落ちた。足首をはさまれ、ネネトはバランスを失した。アリーナのそれのように崩壊したわけではないが、これは同種の仕掛けだ。

ネネトは身動きできない。足はがっちりとホールドされた。尻もちをつき、ネネトは両手で上体を支えた。

その目に、黒い塊が映った。

真上だ。何かが装置の塔のいただきから落ちてくる。装置の一部らしい金属塊だ。軽く数メートル四方はある。

「リッキー！」

ネネトが叫んだ。

リッキーは降りそそぐビームシャワーに気をとられていた。ネネトが転んだことを知らなかった。

名を呼ばれ、首をめぐらす。ネネトが倒れている。恐怖で、顔がひきつっている。

バリヤーだ。ネネトの頭上にバリヤーを張らなくてはいけない。

リッキーは思った。思ったが、すぐに反応できない。ビームシャワーはまだつづいている。これに対するバリヤーを保ったまま、あらたにネネトの上にバリヤーを張る必要がある。それは容易ではない。

黒い金属塊がネネトに迫った。明らかに直撃コースだ。重量は、おそらく数トン。落ちたら、確実にネネトがつぶされる。

念を凝《こ》らした。バリヤーの構築を必死ではかった。

間に合わない。バリヤーが広がってくれない。

だめか。

「伏せろ！」

誰かが怒鳴った。

ネネトに向かって呼びかけた声だ。

動顛《どうてん》していて、ネネトには、それが誰の声なのか聞き分けられなかった。が、意味は理解した。

反射的にからだをひねって俯《うつぶ》せになり、両腕で後頭部をかかえた。

直後。

爆発が起こった。

空中爆発だ。ネネトの上、約十五メートル。

落ちてくる金属塊の側面で火球が生じた。

手榴弾の爆発だった。

爆風にあおられ、金属塊の軌道が変わった。落下地点が数メートル、横にそれた。

床に激突した。黒い金属塊がフロアにめりこんだ。ネネトは無傷である。細かい破片だけがネネトの背中に当たった。

「兄貴！」

リッキーが頭上を見上げた。

上空三十メートルほどの位置に、ジョウがいた。高くそそり立つ大型装置の塔の中ほどだ。イオノクラフトに乗っている。ビームシャワーをかわし、リッキーめざして降下してくる。

「ネネトを起こせ」

「わかった」

リッキーはきびすを返した。

バリヤーの楯を広げ、ネネトのもとに駆け寄った。

タイルもどきの四角い床材を蹴とばし、ネネトの足首を隙間から引きずりだした。

「リッキー」

ジョウが呼ぶ。いま一度、リッキーがおもてをあげる。

「これを使え」

ジョウがリッキーの真上を通過した。その直前に、手にしていた何かを投げた。

バリヤーをゆるめ、それをリッキーが受け取る。

クォンだ。ジョウがクォンを持って、ここまで飛んできた。

クォンを握った瞬間。

リッキーは強い力を感じた。

燃えあがるような熱い力。

肉体の深奥から、力が湧きあがってくる。その力が、手にしたクォンに流れこんでいく。

からだが震えた。じっとしていられない。灼《や》けるような衝動が目に見えぬ糸となり、リッキーを操る。

右手を挙げた。

クォンを天高く突きあげる。

それから、叩きつけるように振りおろした。

力がうなった。

ごおとうなった。

赤い光が噴出する。光は膨れあがり、球体となる。

光が疾った。直径一メートルの球体となった光が、クォンの尖端から、まっすぐにほとばしった。

光の行手には。

屹立《きつりつ》する大型装置の塔があった。高さはおそらく五十メートルほどもあるだろう。装置というよりもほとんどオベリスクだ。外見も酷似している。黒く細長いモニュメントのごとき塔。

クォンの光が、その塔を打った。

赤い光球が、塔の中腹に命中した。

塔が砕けた。

一撃だった。

これまでの力では、軽合金のパネルで鎧《よろ》われた装置の表面を、センチ単位でえぐるのが精いっぱいだったろう。

今回は違った。

光の塊が、塔の中腹から上を一撃で粉砕した。

塔の半分が消え失せた。

かつてない破壊力。

ネネトの力は、クォンによってさらに増幅される。

まさしくそのとおりだった。

ジョウのイオノクラフトが、反転して高度をあげていく。ビームシャワーが標的を変えた。乱舞する数十条の光線がイオノクラフトをかすめる。ジョウはきりもみするようにイオノクラフトを旋回させ、それをかわす。

リッキーは意識の流れを感じていた。

ふたりの男の意識だ。

皇帝ルキアノス一世と宰相のガランド。

ジョウがビームの標的となった。そのおかげで、リッキーに余裕が生まれた。力の多くをバリヤー構築以外のことに使うことができた。

ルキアノスとガランドの居場所を捕捉した。

「あっちだ」ネネトに向かい、リッキーは左手奥を指差した。

「あっちに皇帝がいる」

再び、リッキーは〝フィールド〟をつくった。クォンを介して力の範囲を広げ、新しく〝フィールド〟を形成した。赤い光の球体がリッキーとネネトを包む。

浮きあがった。すうっと上昇した。

赤い光のバリヤーに守られ、リッキーとネネトが、立ち並ぶ尖塔の間を縫って飛ぶ。

ジョウがきた。イオノクラフトが〝フィールド〟の横についた。ビームシャワーが降ってくるので、同じ位置に長く留まることはできない。螺旋《らせん》状に弧を描き、ジョウは前進する。

「あれだ」リッキーが尖塔のひとつを示した。

「あのタワーのいちばん下に、ふたりが隠れている」

「で、どうするの？」

ネネトがリッキーに訊いた。

「もちろん、燻《いぶ》りだす」

リッキーはクォンを構えた。このサイコバリヤーはクォンを介してつくった。だから、クォンによって放たれた力は、バリヤーの被膜を透過する。それが、リッキーにはわかる。

クォンを振った。

力を射出した。

7

狙ったのは、装置塔の付け根だった。高度をあげても、皇帝の姿は見えない。だが、意識の流れで、ひそんでいる場所ははっきりとわかる。

クォンから放たれたネネトの力が、赤い光を燦かせて装置塔の基底部を貫いた。

轟音が響く。どおんという太い音とともに、フロアがめくれあがり、塔の壁が崩れ落ちた。

白煙があたりを覆った。

風で煙が流れる。

流れた煙の底から。

テラス円盤が飛びだした。

テラス円盤には、ルキアノスとガランドが乗っている。

リッキーとネネトは、テラス円盤を追った。ジョウのイオノクラフトも、その横に並んだ。

テラス円盤は上昇し、行手に聳え立つ二本の装置塔の隙間へ入りこもうとしている。高度四十メートルほどに達した。装置塔の尖端に近い。

「どこへ行く気なんだよ」

ネネトが言った。

「たぶん、あそこだ」

リッキーが言った。塔の向こうに、一隻の宇宙船が駐機している。五十メートル級の小型シャトルだ。垂直型で、機首に搭乗口がある。二本の装置塔のうちのひとつは、そのガントリーを兼ねているらしい。塔の蔭に、宇宙船の輪郭が見える。

「こっから逃げる気なんだ」ネネトが拳を握った。

「乗る前に捕まえちゃおう」

「乗ってからでもいいよ」リッキーはクォンを目の前にかざした。

「そのときは、あのシャトルをぶっ倒す」

テラス円盤が、手前の塔の横を通過した。外壁にエレベータのガイドシューが敷かれている。メンテナンス用らしい。エレベータボックスが一基、ぶらさがるような感じで外壁にへばりついているのも見える。そのボックスの少し下を円盤は抜けていく。

ボックスが破裂した。

実際はボックスの窓が破られただけだが、遠目では、ボックスそのものが破裂したかのように見えた。

エレベータボックスの中から人影があらわれた。ボックスの外にでて、窓枠の上に立った。男だ。からだが大きい。輪郭はたしかに人間のそれだが、ボックスのサイズと比較すると、異様に背が高い。二百三十センチくらいは間違いなくある。

身長が二百三十センチの男。

ジョウも、リッキーも、ネネトも、そんな男はひとりしか知らない。

ザックスだ。

ルキアノスは、平静を保とうと必死になっていた。

装置塔の谷間にひそんだところまでは順調だった。このエリアのありとあらゆる場所に設置した隠しカメラが、ネネトとクラッシャーの動向を隈《くま》なく捉えている。モニターを眺めていれば、その一挙手一投足を知ることができる。攻撃は簡単だ。テラス円盤上にある円筒形コンソールデスクのボタンを適時押す。それだけで、工業用のレーザービームが目標をキャッチし、それを灼く。標的の捕捉、追尾は、すべてオートだ。皇帝と宰相は笑いながら、うろたえるクラッシャーとネネトをただ見ているだけでいい。

そして。

ついにネネトとクラッシャーを追いつめた。ネネトが床の仕掛けで倒れた。すぐに尖塔の一部をルキアノスは破壊した。崩れ落ちる金属塊が、ネネトを圧《お》しつぶす。これだけの質量なら、この低重力下であっても、確実にネネトを仕留められる。ネネトを失えば、ジョハルタは無力だ。もう何もできない。

しかし。

予想外の事態が起きた。クラッシャーのリーダーがイオノクラフトでここにきた。しかも、クォンを手にしている。

リーダーのジョウは手榴弾で金属塊を弾き飛ばし、クォンを配下のクラッシャーに渡した。

その瞬間、ルキアノスが用意していたすべての計算が狂った。

クォンを得て、ジョハルタの力が回復した。いや、回復ではない。より強力になった。あっという間に、自分たちの居場所を突きとめられた。さらに、そこへネネトの力を打ちこまれた。

逃げるほかはない。

急いでテラス円盤を浮上させた。

いったんすべてを捨てる。シャトルでスオラシャャに戻り、このエキドナの基地は放棄する。自爆装置でクラッシャー、ネネトごと基地を爆破する。

打てる手は、これひとつきりになった。

テラス円盤を急上昇させ、シャトルの搭乗口に向かった。

装置塔の横を通りぬける。

エレベータボックスが見えた。

その窓が、とつぜん吹き飛んだ。

そこから誰かがでてきた。

「なに?」

ルキアノスは、おのれの目を疑った。

エレベータボックスから出現し、窓枠に立った男は。

「ザックス」ルキアノスの頬がひくひくと痙攣した。

「なぜだ! なぜ、あいつが生きてここにいる?」

ガランドに向かい、ルキアノスは怒鳴った。

「ありうることではありません」震える声で、ガランドが答えた。

「たしかにあのフロアの地下には、整備用の通路があります。が、あの中に落ちた場合、そこに至る前に必ず全身をミンチ状に砕かれます。生きて、あそこから脱出するなど——

――」

そこで、ガランドは言葉を切った。

「どうした？」

眉間《みけん》に縦じわを寄せ、ルキアノスが訊いた。

「あくまでも可能性の話ですが」額に汗を浮かべ、ガランドは言葉をつづけた。

「ナノマシンが、まだ相当数生き残っていたとしたら、崩れてこすれ合う樹脂塊の圧力を免れること、けっしてないとは言いきれなくなります」

「なんだと！」

「可能性の話です」

「たわけ！」ルキアノスの声が荒くなった。

「現に、ザックスはそこにいる。いる以上、なんらかの手段であいつはアリーナから脱し、ここまできた。可能性など、どうでもいい。やつは、生き延びて、ここにきてしまったのだ」

ザックスがエレベータボックスの窓枠から身を躍らせた。

テラス円盤は、いまかれの眼下にある。

ふわりと跳んだ。

タイミングは完璧だった。鮮やかに、ザックスは円盤の上に降り立った。

距離わずか一メートルのところにコンソールデスクがあり、ガランドが立っている。

ザックスはほとんどもとの姿を留めていなかった。

顔といわず、腕といわず、からだ全体の皮膚があらかたはぎとられている。人工筋肉や骨格が至るところで露出し、金属プレートが剝きだしになっている部分も少なくない。左足は膝から下がもぎとられ、腹部には直径十センチほどの穴が、ぽっかりと背中まであいている。瀕死の状態。そう言っていいだろう。しかし、まだ死んではいない。ザックスは生きて動いている。強い意志を持ち、両腕の電磁カッターも完全に機能している。

ザックスの片足が失われているのを見て、ガランドが円盤を急旋回させた。

大きく傾き、円盤が弧を描く。ザックスがバランスを崩し、円盤から転げ落ちることを、ガランドは狙った。

ザックスは意に介さない。これだけのダメージを負っていても、体内のバランサーは正常に動作している。まさしくこれは、ガランドの最高傑作だ。銀河系でいちばんのサイボーグである。

ザックスが右腕を横に振った。

電磁カッターの閃光が瞬時、燦いた。

ガランドの首が飛ぶ。

音もなく切断され、赤い鮮血の尾を引いて生首が飛ぶ。

同時に。

コンソールデスクも切られた。円柱の上部、五分の一ほどが、すっぱりと断ち切られた。

警報が鳴る。テラス円盤の操縦システムが遮断された。もはやこの円盤は正常に飛行できない。

セイフティが働いた。オートパイロットが起動し、円盤は自動降下態勢に入った。

「こざかしい」

ルキアノスが前に進んだ。

ザックスはルキアノスに背を向けていた。その隙を衝《つ》き、皇帝は間合いを詰めた。一気にザックスへと迫った。

三日月形の光がクロスする。

ルキアノスの腕に埋めこまれた電磁カッターのフラッシュだ。

一閃、二閃、三閃。

ルキアノスは、ザックスの背中を電磁カッターでずたずたに裂いた。

「がはっ」

ザックスが膝を折った。つんのめるように、倒れた。両腕をつき、かろうじて上体を支える。

高度が下がった。

テラス円盤が着地する。

シャトルの離着床に降りた。

8

〝フィールド〟がきた。ジョウのイオノクラフトも一緒だ。

テラス円盤が降りたのは、ガントリーになっている装置塔とシャトルの、ちょうど真ん中だった。位置的には、悪くない。いざというとき、装置塔とシャトルが防御壁になってくれる。

ルキアノスは、円盤からの逃亡をはかった。ガントリー経由でシャトルに逃げこむことも考えたが、それは得策ではない。乗船から発進まで、ここからでは時間がかかりすぎる。必ず途中でクォンにやられる。発進できたとして、シャトルが撃ち落とされる。

とりあえず、ぎっしりと立ち並ぶ装置と装置の間の迷路に入り、手近なコンソールを探す。それを見つけたら、ビームシャワーを降らし、ジョハルタの集中力をそぐ。逃げる算段を考えるのは、それからだ。

円盤の端に寄った。テラスの手摺《てすり》を倒した。

「待て」

低い声が響いた。

ルキアノスの足が動かない。

誰かに左のふくらはぎをつかまれた。

首をめぐらすと、そこに横倒しになったザックスがいる。

ルキアノスの背すじが冷えた。

「俺を置いていくな」

かすれた声で、ザックスが言う。腕を伸ばし、じりじりとルキアノスの膝上に這《は》いあがってくる。

「放せ！」

ルキアノスが叫んだ。ぐずぐずしてはいられない。すぐにネネトとクラッシャーがくる。

「置いていくな」

ザックスが繰り返す。

「うるさい！」

ルキアノスはザックスを右足で蹴った。だが、それくらいでは、ザックスは手を放さない。

爆発音が轟いた。

びくっとからだを震わせ、ルキアノスはまわりを見る。

すぐ脇に立つ装置塔だ。その壁が、ネネトの力でえぐられた。クォンによる攻撃だ。

ジョハルタは、ルキアノスを狙った。しかし、位置が悪くて、命中させられなかった。

当然、つぎは装置塔に邪魔されないよう、反対側にまわりこんでくる。

ルキアノスが動いた。強引に走りだした。かれ自身がサイボーグで、ここの重力はわずかに〇・二Gだ。ザックスを引きずって移動することは不可能ではない。

シャトルの翼の下を、ルキアノスはめざした。

「当たんないわね」

ネネトが言った。

「力が足りない」リッキーは歯嚙みをした。

「皇帝は塔の向こう側にいる」

「早くしないと、へんなところに逃げこまれちゃうわ」

「わかってるよ」リッキーは〝フィールド〟を反転させた。

「今度は、もっとすごいのをぶちこんでやる」

「あたしも協力するよ」

ガントリータワーの反対側にでた。

着陸しているテラス円盤がある。皇帝の姿はない。いるのは血溜りの中に倒れている宰相ひとりだ。宰相は首から上がない。

「何があったの？」

ネネトがリッキーに訊いた。

「ザックスだ」リッキーは答えた。

「ザックスが円盤に飛び移り、宰相を殺した。いまは皇帝にしがみついている。皇帝はザックスを引きはがしたがってるけど、ザックスはそれを許さない」

「でも、ふたりともいないよ」

「シャトルのうしろだ」リッキーはあごをしゃくった。

「翼の蔭に入った」

「じゃあ、シャトルごと吹き飛ばそう」

「それしかないか」

リッキーはクォンを構えた。

目を閉じ、意識を集中しはじめた。

そのすぐうしろで。

ネネトが両手を合わせ、指を組み合わせた。リッキー同様目をつぶり、自身の力をリッキーに向けて放出する。

青白いオーラが、ネネトのからだから湧きあがった。これまで、ネネトは自分の意志で力を強めたことが一度もない。いつもは感情が昂り、自然とそうなる。

作為的に、それができるのか？

ネネトはひたむきに念を凝《こ》らした。

オーラが広がる。色が深まる。

とつぜん、目をひらいた。

包帯からはみだしている黒いドレッドヘアが、風になびくように大きく逆立った。

むろん、〝フィールド〟の中で風は吹かない。身にまとう白い布も丸く広がり、オレンジ色のボディスーツがその隙間からちらちらと覗く。

乾いた音が響いた。

逆立つ髪が、包帯を切った。ハサミでなければ切ることのできないプラスチックバンデッジだが、ネネトの力は、あっさりとそれを引きちぎった。

融着しているはずなのに、顔を覆う包帯が見る間にほどけていく。

左の目があらわになった。

黄金の輝きを持つという神秘の瞳だ。

その赤子は、左右の瞳の色が異なっていた。右の目が青き宝玉の輝きを放ち、左の目がまばゆき黄金の輝きを放っていた。
モロトフが語った口伝は、まごうことなき事実であった。
ネネトの青い瞳と黄金の瞳が、鋭い光を帯びた。
リッキーの赤い光が、真紅に変わった。
全身を鮮血に浸《ひた》したかのように、リッキーは赤く炯《ひか》る。
ピークがきた。
リッキーがクォンを頭上高く掲げた。
振った。
全身全霊をこめ、クォンを振りおろした。
力が射ちだされた。
奔流のごとくネネトの力は突き進み、シャトルを直撃した。
シャトルが砕ける。力は弱まらない。さらに飛ぶ。
ルキアノスは声にならない声を甲高くあげた。
力がくるのが、わかった。
すさまじい力だ。
衝撃を浴びた。
目に映らぬ巨大なハンマーで一撃されたような衝撃。

まだ。

ルキアノスとザックスがフロアを転がった。ザックスはルキアノスにしがみついたま
ルキアノスが呻く。ふつうの人間なら、即死していた。だが、ルキアノスはサイボーグだ。このとてつもない衝撃にも、ぎりぎりで耐えることができた。

薄れゆく意識をあやうく保ち、ルキアノスは上体を起こした。

まさにそのとき。

シャトルが爆発した。

ネネトの力がえぐったのは、シャトルの動力ジェネレータだった。

火災が発生した。炎は爆発となり、シャトルの船体を一瞬で吹き飛ばした。

燃えさかる無数の部品や破片がフロアに落ちる。

「やったね」

降りそそぐ炎を弾く〝フィールド〟の中で、ネネトが言った。

「ああ」

リッキーがうしろを振り返った。

ネネトのからだからオーラが消えていた。ネネトは薄く微笑み、瞳を閉じた。ぐらり
と揺れる。膝から崩れ、倒れかかる。

「ネネト」

リッキーがネネトの華奢《きやしや》なからだを抱きとめた。が、リッキーの気力も限界にきていた。たび重なるネネトの力の全開放出に、もはや立っていることすらかなわない。

「ネネト」

消え入りそうな声で小さくつぶやくと、ネネトを抱いたリッキーもまた、ゆっくりとくずおれた。

ジョウは少し眉をひそめていた。

ネネトとリッキーは、やりすぎた。ネネトの力の魔力に、心を支配されたのかもしれない。強大な力は、人から理性を奪う。その力を無制限に揮《ふる》うことで何が起きるのかを、人は往々にして忘れる。あるいは、力によって忘れさせられてしまう。

フロアは、火の海になりつつあった。

シャトルの燃料がそこらじゅうに振りまかれ、それらすべてに炎がまわった。ごうごうと燃える。自動消火装置が作動したが、なんの効果もない。逆に、それらの装置が炎に呑みこまれ、融け崩れる。そして、それがまたあらたな大爆発を呼ぶ。

ジョウは、眼下にルキアノスの姿を見た。ネネトの力に打たれて転がったあと、もがくようにして、身を起こそうとしていた。

そこに炎の渦が疾ってきた。フロアをうねりながら駆けぬけていく。

猛《たけ》り狂う火龍。

炎が、ルキアノスとザックスを灼いた。

超高性能サイボーグといえども、数千度の炎を相手にしたら、ひとたまりもなかった。

火炎に呑みこまれ、その姿は瞬時に失せた。

ジョウは目を伏せ、首を小さく横に振った。

「兄貴」

声が聞こえた。

リッキーの声だ。しかし、耳で聞いた声ではない。その声は、ジョウの意識の中で、かすかに響いた。

反射的に、ジョウはおもてをあげた。

周囲を見まわし、赤く光る球体を探した。

右手前方に、それは浮かんでいた。

赤くない。強く光ってもいない。丸い光の輪郭がほのかに見える。その中で、ネネトとリッキーが重なるようにして倒れている。

「リッキー！」

直感した。ふたりが力を使い果たした。体力も尽きた。〝フィールド〟が消滅しようとしている。それをリッキーが、心の声でジョウに知らせた。

ジョウはイオノクラフトを加速させた。

接近する。球体は、もうすぐそこだ。

球体は、まもなく消える。急がないとだめだ。

そう思ったとき。

消えた。

〝フィールド〟が霧散《むさん》した。

ふたりが落ちる。紅蓮《ぐれん》の炎で隙間なく埋めつくされたフロアに。

ジョウは腕を伸ばした。

イオノクラフトに乗った状態で、ふたりの人間をキャッチする。いくら低重力でも、これは至難の業だ。

落ちてきた。ジョウはふたりを受け止めた。

イオノクラフトが傾く。必死でバランスをとる。

天井が爆発した。真上ではなく、少し先だった。破片が飛び散り、天井に穴があいた。

大穴だ。直径数十メートルはある。

そこから、何かが飛びこんできた。

シルエットが三角形に近い。デルタ翼の飛行体。塗色は白。全長はおよそ十メートル。

「無事ですかい？」

手首の通信機から声が流れた。

「タロス？」

「迎えにきましたよ」タロスの声が言った。「絶妙のタイミングで」

エピローグ

左足をかすかに引きずり、モロトフがブリッジにあらわれた。

ジョウ、タロス、アルフィンが、いっせいにドアのほうへと目を向けた。

「ネネトが意識を取り戻した」

しわがれた声でモロトフは言った。

三人のクラッシャーが、ほおとため息をついた。

コロシアムでジョウと別れたタロスは、通信機でドンゴを呼びだし、搭載艇を発進させた。ネネトの力がこの基地の中枢部を破壊したため、ジャミングが停止した。それにより、通信が可能になった。

〈ミネルバ〉は、二機の搭載艇を積んでいた。〈ファイター1〉と〈ファイター2〉だ。

その二機を無線誘導で、タロスは地下コロシアムまで降ろした。ミサイルで壁を破り、降下させるという強引な手口を用いた。もはや、何をしても文句を言う者などここにはいない。それよりも最短コースを使って自分のもとに搭載艇をこさせることのほうが重要だ。

それから、ジョウのあとを追った。位置はモロトフが教えてくれた。だが、その場にたどりつく寸前、重大な障害が発生した。

「ネネトが消えた」

モロトフがそう言った。

「消えた？」

「感じられないのだ」ネネトの忠実な神官は、声をうわずらせた。「彼女の存在がまったく感じられない」

この言葉に、タロスも少しあせった。

ミサイルを連射し、行手をふさぐ壁をすべて破壊した。

最後に吹き飛ばしたのが、基地の中枢部を覆う天井だった。

ジョウがいた。両腕にネネトとリッキーをかかえ、イオノクラフトに乗っていた。いまにもひっくり返りそうだった。

急ぎ三人を回収し、〈ミネルバ〉へと戻った。

リッキー、ネネト、モロトフの三人を医療ロボットに預け、ジョウは〈ミネルバ〉を離陸させた。なにはともあれ、病院船に急行する。それが最優先事項だ。

幸い、モロトフの怪我とリッキー、ネネトの症状は、予想したよりも軽微だった。モロトフは外傷を密閉して、治療終了。あとのふたりは、極度の疲労状態に陥っているものの、脈拍も呼吸数も内臓機能も、すべて正常。意識レベルだけが低いが、危険な状態ではない。医療ロボットがそう判断した。

先に目覚めたのは、リッキーだった。すぐにベッドの脇で介抱《かいほう》にあたっていたモロトフに、ネネトのことを訊いた。

「大丈夫だ」と、モロトフが告げると、リッキーはまた深い眠りについた。

その三時間十八分後。

ネネトが覚醒した。

〈ミネルバ〉の操縦をドンゴにまかせ、クラッシャー三人とモロトフは、医療ルームに走った。

並んだ二台のベッドに、リッキーとネネトが横たわっている。

ネネトはきょとんとしていた。まだ自分がどこにいるのか、はっきりと認識していないらしい。

扉がひらき、ジョウが入ってきた。ネネトはその顔を見た。

「リッキーは？」

いきなり、そう尋ねた。

「となりのベッドだ」

ジョウは眠っているリッキーを指差した。

「リッキー、起きろ！」ネネトが叫んだ。

「いつまでも寝てるんじゃない」

ネネトの一喝《いっかつ》の力は絶大だった。

リッキーは目をあけた。
二、三度まばたきをして、首を横に倒した。
ネネトを見た。

「不思議だ」ぼそりと言った。

「ネネトを感じない」

「そうだよね」ネネトはうなずいた。

「あたしも力を感じない」

「どういうことだ？」

ジョウがモロトフに訊いた。

「これは想像だが」モロトフは答えた。

「ネネトの力が消滅した」

「なんだって？」

「戻ったのだ。ふつうの少女に」

「そんなこと、あるの？」

今度は、アルフィンが訊いた。

「ある」モロトフはきっぱりと断言した。

「ネネトはいつか必ずふつうの少女、もしくはふつうの女性に戻る。このことに例外はない。口伝がそれを語っている」

「でも、それはネネトが成長したからでしょ」

「成長とは、ネネトの力を使うということだ」モロトフは視線をネネトに向けた。

「このネネトは、何年もかけて消費するネネトの力を、わずか数分で使いきった。その結果が、これだ。ジョハルタがネネトの力を感じない。そのことが、それを証明している」

リッキーのベッドの横にテーブルがあった。その上に、クォンが置かれている。モロトフはテーブルの前に歩み寄り、クォンを握った。

「見ろ」

いきなりクォンを振った。

「！」

ジョウの眉が小さく跳ねた。

何も起きない。クォンは、ただ垂直に振られただけだ。ぶんという小さな音が、ジョウたちの耳朶を打った。

「ダイロンがネネトを失ってしまったということか」

タロスが言った。

「そうだ。しかし、それはたいした問題ではない」モロトフは肩をすくめた。「ダイロンの民は、すでにこのことを三度経験した。今回、それが四度に増えた。それだけのことだ」

「これから、どうするんだい？」

リッキーが訊いた。

「もちろん、病院船に行き、ネネトのからだを癒《いや》してもらう。そしてダイロンに帰る。われわれはアラミスにこの仕事の残金を支払う。以上だ」

「皇帝がいなくなって、この国はどうなっちゃうんだろう」

「そんなものはあとまわしだ」モロトフは薄く笑った。「それは、もっとべつの人間が考える」

「リッキー」ネネトが言った。

「あたしは、もうネネトじゃないよ」

「え？」

「あたしの名前はカアラ。これからは、そう呼んで」

「カアラ……」

「そう」

「病院船についたら、たぶんお別れすることになると思う」カアラはつづけた。「でも、あたしはさみしくなんかないよ。きっとまた会えるはずだから」

「…………」

「約束しろ。五年経ったら、またゴーフリーにくるんだ」

「…………」

「あたし、いい女になっててやるから」

「わかった」リッキーはあごを引いた。

「約束する。五年経ったら、また会いにくる」

「失礼シマス。キャハ」ドンゴの声が通信機から流れ、リッキーの声に重なった。「病院船トこんたくとガトレマシタ。サシツカエナケレバ、ぶりっじニオ戻リクダサイ」

「そうだな」ジョウが言った。「全員、ブリッジに戻ろう」

きびすを返した。

ジョウ、アルフィン、タロス、モロトフの四人が、医療ルームの外にでた。

「ジョウ」アルフィンがジョウの耳もとでそっと囁いた。

「あたしは、もうけっこういい女だよ」

「…………」

ジョウは聞こえなかったふりをした。

「バカ」

アルフィンの蹴りが、ジョウの背中に入った。

本書は２００５年５月に朝日ソノラマより刊行された
作品に加筆・修正したものです。

クラッシャージョウ・シリーズ／高千穂遙

連帯惑星ピザンの危機

連帯惑星で起こった反乱に隠された真相をあばくためにジョウのチームが立ち上がった！

撃滅！　宇宙海賊の罠

稀少動物の護送という依頼に、ジョウたちは海賊の襲撃を想定した陽動作戦を展開する。

銀河系最後の秘宝

巨万の富を築いた銀河系最大の富豪の秘密をめぐって「最後の秘宝」の争奪がはじまる！

暗黒邪神教の洞窟

ある少年の捜索を依頼されたジョウは、謎の組織、暗黒邪神教の本部に単身乗り込むが。

銀河帝国への野望

銀河連合首脳会議に出席する連合主席の護衛を依頼されたジョウにあらぬ犯罪の嫌疑が⁉

クラッシャージョウ・シリーズ／高千穂遙

人面魔獣の挑戦
暗殺結社からの警護を依頼してきた要人が殺害された。契約不履行の汚名に、ジョウは？

美しき魔王
暗黒邪神教事件以来消息を絶っていたクリスが病床のジョウに挑戦状を叩きつけてきた！

悪霊都市ククル 上下
ある宗教組織から盗まれた秘宝を追って、ジョウたちはリッキーの生まれ故郷の惑星へ！

ワームウッドの幻獣
ジョウに飽くなき対抗心を燃やす、クラッシャーダーナが率いる〝地獄の三姉妹〟登場！

ダイロンの聖少女
圧政に抵抗する都市を守護する聖少女の護衛についたジョウたちに、皇帝の刺客が迫る！

ダーティペア・シリーズ／高千穂遙

ダーティペアの大冒険
銀河系最強の美少女二人が巻き起こす大活躍大騒動を描いたビジュアル系スペースオペラ

ダーティペアの大逆転
鉱業惑星での事件調査のために派遣されたダーティペアがたどりついた意外な真相とは？

ダーティペアの大乱戦
惑星ドルロイで起こった高級セクソロイド殺しの犯人に迫るダーティペアが見たものは？

ダーティペアの大脱走
銀河随一のお嬢様学校で奇病発生！　ユリとケイは原因究明のために学園に潜入する。

ダーティペア　独裁者の遺産
あの、ユリとケイが帰ってきた！　ムギ誕生の秘密にせまる、ルーキー時代のエピソード

ダーティペア・シリーズ／高千穂遙

ダーティペアの大復活

ユリとケイが冷凍睡眠から目覚めたら大変なことが。宇宙の危機を救え、ダーティペア！

ダーティペアの大征服

ヒロイックファンタジーの世界を実現させたテーマパークに、ユリとケイが潜入捜査だ！

ダーティペアの大帝国

ヒロイックファンタジーの世界に潜入したはずのユリとケイは、一国の王となっていた⁉

以下続刊

星界の紋章／森岡浩之

星界の紋章Ⅰ—帝国の王女—

銀河を支配する種族アーヴの侵略がジントの運命を変えた。新世代スペースオペラ開幕！

星界の紋章Ⅱ—ささやかな戦い—

ジントはアーヴ帝国の王女ラフィールと出会う。それは少年と王女の冒険の始まりだった

星界の紋章Ⅲ—異郷への帰還—

不時着した惑星から王女を連れて脱出を図るジント。痛快スペースオペラ、堂々の完結！

星界の断章Ⅰ

ラフィール誕生にまつわる秘話、スポール幼少時の伝説など、星界の逸話12篇を収録。

星界の断章Ⅱ

本篇では語られざるアーヴの歴史の暗部に迫る、書き下ろし「墨守」を含む全12篇収録。

星界の戦旗／森岡浩之

星界の戦旗Ⅰ―絆のかたち―

アーヴ帝国と〈人類統合体〉の激突は、宇宙規模の戦闘へ！『星界の紋章』の続篇開幕。

星界の戦旗Ⅱ―守るべきもの―

人類統合体を制圧せよ！　ラフィールはジントともに、惑星ロブナスⅡに向かったが。

星界の戦旗Ⅲ―家族の食卓―

王女ラフィールと共に、生まれ故郷の惑星マーティンへ向かったジントの驚くべき冒険！

星界の戦旗Ⅳ―軋《きし》む時空―

軍へ復帰したラフィールとジント。ふたりが乗り組む襲撃艦が目指す、次なる戦場とは？

星界の戦旗Ⅴ―宿命の調べ―

戦闘は激化の一途をたどり、ラフィールたちに、過酷な運命を突きつける。第一部完結！

野尻抱介作品

太陽の簒奪者《さんだっしゃ》

太陽をとりまくリングは人類滅亡の予兆か？
星雲賞を受賞した新世紀ハードSFの金字塔

沈黙のフライバイ

名作『太陽の簒奪者』の原点ともいえる表題
作ほか、野尻宇宙SFの真髄五篇を収録する

南極点のピアピア動画

「ニコニコ動画」と「初音ミク」と宇宙開発
の清く正しい未来を描く星雲賞受賞の傑作。

ふわふわの泉

高校の化学部部長・浅倉泉が発見した物質が
世界を変える——星雲賞受賞作、ついに復刊

ヴェイスの盲点

ロイド、マージ、メイ——宇宙の運び屋ミリ
ガン運送の活躍を描く、〈クレギオン〉開幕

野尻抱介作品

フェイダーリンクの鯨
太陽化計画が進行するガス惑星。ロイドらはそのリング上で定住者のコロニーに遭遇する

アンクスの海賊
無数の彗星が飛び交うアンクス星系を訪れたミリガン運送の三人に、宇宙海賊の罠が迫る

タリファの子守歌
ミリガン運送が向かった辺境の惑星タリファには、マージの追憶を揺らす人物がいた……

アフナスの貴石
ロイドが失踪した！　途方に暮れるマージとメイに残された手がかりは〝生きた宝石〟？

ベクフットの虜
危険な業務が続くメイを両親が訪ねてくる!?しかも次の目的地は戒厳令下の惑星だった!!

ハヤカワ文庫

神林長平作品

敵は海賊・海賊版

海賊課刑事ラテルとアプロが伝説の宇宙海賊匋冥に挑む！　傑作スペースオペラ第一作。

敵は海賊・猫たちの饗宴

海賊課をクビになったラテルらは、再就職先で仮想現実を現実化する装置に巻き込まれる

敵は海賊・海賊たちの憂鬱

ある政治家の護衛を担当したラテルらであったが、その背後には人知を超えた存在が……

敵は海賊・不敵な休暇

チーフ代理にされたラテルらをしりめに、人間の意識をあやつる特殊捜査官が匋冥に迫る

敵は海賊・海賊課の一日

アプロの六六六回目の誕生日に、不可思議な出来事が次々と……彼は時間を操作できる!?

小川一水作品

第六大陸１
二〇二五年、御鳥羽総建が受注したのは、工期十年、予算千五百億での月基地建設だった

第六大陸２
国際条約の障壁、衛星軌道上の大事故により危機に瀕した計画の命運は……。二部作完結

復活の地Ⅰ
惑星帝国レンカを襲った巨大災害。絶望の中帝都復興を目指す青年官僚と王女だったが…

復活の地Ⅱ
復興院総裁セイオと摂政スミルの前に、植民地の叛乱と列強諸国の干渉がたちふさがる。

復活の地Ⅲ
迫りくる二次災害と国家転覆の大難に、セイオとスミルが下した決断とは？　全三巻完結

SOS

全3巻

空を飛び、ビルを持ち上げ、透視もできる、驚異の超能力者は、
控えめで従順で一途で健気でドジなかわいい女の子だった。
すーぱーがーるの驚異の日常を描く美少女ＳＦギャグ。

著者略歴　1951年生，法政大学社会学部卒，作家　著書『ダーティペアの大冒険』『ダーティペアの大復活』『ダーティペアの大征服』（以上早川書房刊）他多数

HM=Hayakawa Mystery
SF=Science Fiction
JA=Japanese Author
NV=Novel
NF=Nonfiction
FT=Fantasy

クラッシャージョウ⑩
ダイロンの聖少女《せいしょうじょ》

〈JA973〉

二〇〇九年十一月二十五日　発行
二〇一五年　二月　十五日　三刷
（定価はカバーに表示してあります）

著　者　高《たか》千《ち》穂《ほ》遙《はるか》
発行者　早川　浩
印刷者　矢部真太郎
発行所　株式会社　早川書房
郵便番号　一〇一 - 〇〇四六
東京都千代田区神田多町二ノ二
電話　〇三 - 三二五二 - 三一一一（大代表）
振替　〇〇一六〇 - 三 - 四七七九九
http://www.hayakawa-online.co.jp

乱丁・落丁本は小社制作部宛お送り下さい。送料小社負担にてお取りかえいたします。

印刷・三松堂株式会社　製本・株式会社川島製本所

ISBN978-4-15-030973-2 C0193